JN205921

『重吉と旅する。』訂正表

23頁1行目　横浜線相模原駅　→　横浜線相原駅

90頁左上　町田市相模原 4473　→　町田市相原町 4473

重 吉 と 旅 す る。

―29歳で夭逝した魂の詩人―

あなたも重吉と
旅に出かけましょう！！

はじめに

たった五年で約三千もの詩を残し、二十九歳の若さで逝った詩人・八木重吉。光と闇、悲しみと喜び、一見相反するものを描いたその詩は平易な言葉でありながら、心の内に突き刺さってきます。彼のゆかりの地を巡って、その生き方に思いを巡らす旅。この本を片手にあなたも重吉と旅をしませんか。

フォレストブックス編集部

ねがひ

人と人とのあひだを
美しくみよう
わたしと人とのあひだをうつくしくみよう
疲れてはならない

3章　重吉と旅する。

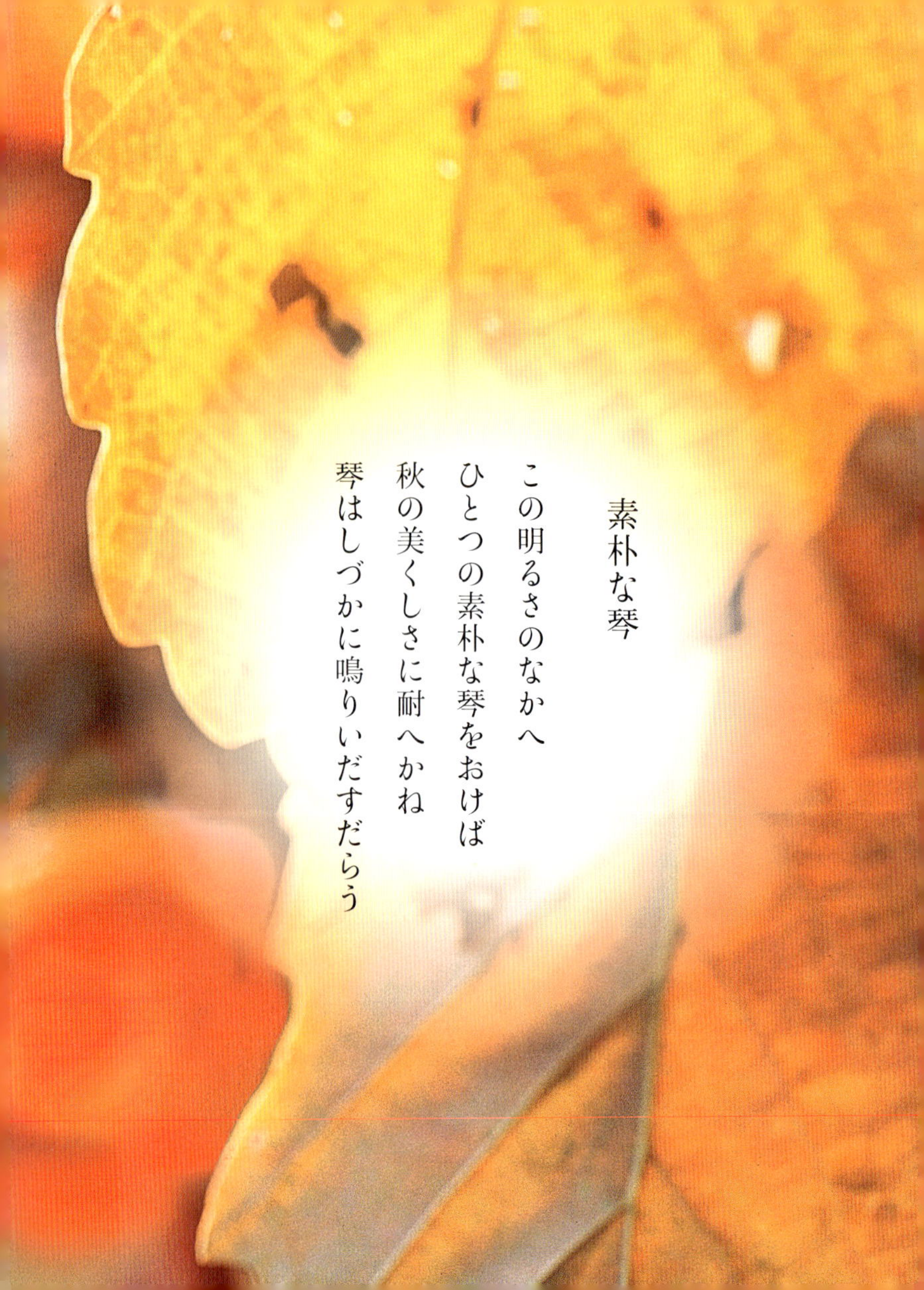

素朴な琴

この明るさのなかへ
ひとつの素朴な琴をおけば
秋の美くしさに耐へかね
琴はしづかに鳴りいだすだらう

1章
旅のはじまり。

八木重吉

(1898 〜 1927)

八木重吉は1898（明治31）年2月9日、東京府南多摩郡堺村相原（現在の東京都町田市相原町）で、八木藤三郎、ツタの次男として生まれました。八木家は代々農業を営み、村では資産家でした。

相原尋常小学校大戸分校に入学、その頃の成績は、体操、音楽以外はずば抜けて優れていたそうです。神奈川県師範学校（現・横浜国立大学）をへて、東京高等師範学校の英語科を1921（大正10）年に卒業。兵庫県の御影師範学校（現・神戸大学）、次いで1925（大正15）年から千葉県の東葛飾中学校（現・千葉県立東葛飾高等学校）で英語教員を務めました。

神奈川県師範学校在学時より教会に通いだし、1919（大正8）年に富永徳磨牧師から洗礼を受けました。

また、1921（大正10）年には将来の妻となる島田とみと出会いました。この頃より短歌や詩を書き始め、翌年に結婚した後は詩作に精力的に打ち込みました。1925（大正14）年には、初の詩集『秋の瞳』を刊行しますが、翌年には体調を崩し結核と診断されました。茅ヶ崎の南湖院で療養生活に入り、その後自宅療養中に第2詩集『貧しき信徒』を制作したものの、完成を待たずして、翌年、29歳で死去しました。

死ぬ間際までの5年ほどの短い詩作生活の間に書かれた詩篇は、3000を超え、今もなお、人々の心に静かに語りかけています。

＊左頁写真＝神奈川県立師範学校の学生の頃（八木重吉記念館蔵）

重吉の生まれた町

✳東京都町田市相原町

✳生家の土蔵を改築した八木重吉記念館

八木重吉は、一八九八（明治三一）年、東京府南多摩郡堺村相原（現・東京都町田市相原町）の農家の次男として生まれました。重吉が生まれた当時の堺村は、低い山々に囲まれた辺鄙な寒村でしたが、八木家は江戸時代からこの地で農業を営み、祖父も父も村会議員を務める裕福な自作農でした。

家の近くには境川が流れ、重吉は豊かな自然の中で育ったのです。

父・藤三郎は実業の才にたけ、母・ツタは、小説家・加藤武雄の祖父の姪にあたり、読書好きで英語や漢詩もよくできた人であったそうです。

そして重吉は幼い頃、母の影響か、勉強は得意で、しかし、体育・音楽は苦手でした。まわりからは色白で内気、いかにも坊ちゃんという印象をもたれていましたが、家族からは「とうてい手に負へぬ厄介な児」と思われていたと、後の妻・とみへの手紙に書いていています。泣きすぎてお腹が痛くなり、医者を呼んだこともあったとか。兄弟の中で、もっとも怒りっぽい性格だったようです。

後の詩の中にも幼子のような素直さとともに、怒りをそのままぶつけるような激しいことばも見えます。

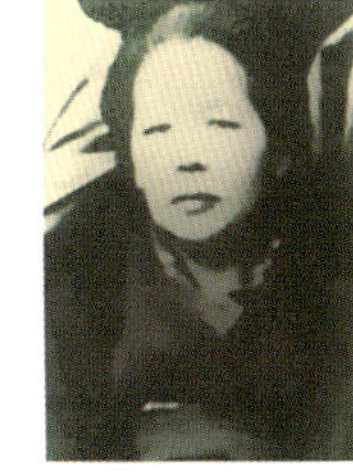

✳左、父・藤三郎。右、母・ツタ（八木重吉記念館蔵）

✳生家の長屋門。1961（昭和 36）年の火災で焼失した（八木重吉記念館蔵）

生い立ち

重吉は日露戦争開戦の一九〇四（明治三七）年に、大戸小学校（現・町田市立相原小学校）に入学しました。五年生からは高等科のある川尻尋常高等小学校（現・相模原市立立川尻小学校）へと進みます。この頃、同小学校に准訓導（准教員）として赴任していた再従兄で後の作家・加藤武雄は、重吉少年の印象を「非常におとなしいやや憂鬱な少年だった」と言っています。

一九一二（明治四五）年に鎌倉にあった神奈川県師範学校（現・横浜国立大学）に入学。この時、はじめて家を離れ、寮に入りました。軍隊式の規範的な生活が耐えがたかったようです。

しかし、学業は優秀で、特に英語は並ぶものがいないほど秀でていました。重吉の親友であった宮治武は、重吉死後二か月で刊行された追悼文集「草」で、こう書いています。

「鎌倉師範の頃僕は八木を天人か何かのやうに思つてゐた。……彼は人気者であつたが殊に英語にかけては級の人気を一身に集めてゐた。……自分には八木程尊敬すべき友は決してない。恐らくもう一生ない事であらう。又欲しもしない。意志の人、情熱の人、火の燃えるやうな一生を過した人」

英語を学ぶため、日本メソヂスト鎌倉教会のバイブルクラスに行き始めた重吉。師範学校では、宣教師ドレイパーによるバイブル研究会も開かれていました。キリスト教の聖書研究会を開いている県立の師範学校というのは、当時珍しかったことでしょう。もしかしたら重吉もこの研究会に出席したことがあった、もしくは気になっていたので、教会を訪ねることにしたのでしょうか。大好きな「英語」が重吉を教会、聖書へとつないだのでしょう。

※右は重吉が通っていた当時の日本メソヂスト鎌倉教会（日本基督教団鎌倉教会蔵）。左は現在の鎌倉教会（現在の名称は日本基督教団鎌倉教会）

重吉が影響を受けた詩人たち

北村透谷
（1868 ～ 1894）

詩人、評論家。東京専門学校（現在の早稲田大学）在籍中に自由民権運動に参加しましたが、そのあり方に絶望し離れます。1892 年に評論「厭世詩家と女性」を『女学雑誌』に発表し、近代的な恋愛観を表明しました。肉体的生命よりも内面的生命（想世界）における自由と幸福を重んじる「内部生命論」を発表。1888 年、数寄屋橋教会（現・日本基督教団巣鴨教会）で洗礼を受けました。同年、石坂美那と結婚。重吉は北村の著作に触れ、その影響をかなり受けており、未亡人美那を小石川の自宅に訪ねるほどでした。北村の信仰と詩の融合を目指す表現は重吉の精神形成にも大きな影響を与えたといえるかもしれません。

（写真＝ WIKIMEDIA COMMONS）

オスカー・ワイルド
（1854 ～ 1900）

アイルランド出身の詩人、作家、劇作家。

耽美的・退廃的・懐疑的だった19世紀末文学の旗手のように語られます。

重吉はワイルドの『獄中記』を読みました。また、自身の蔵書としていた北村透谷の『熱意』への書き込みに「ワイルドが悲哀は芸術の真の要素だと云った。さらばこの悲哀の基調は熱意か」と書き込んでいます。

（写真＝ WIKIMEDIA COMMONS）

ラビンドラナート・タゴール
（1861 ～ 1941）

インド出身の詩人。1909年、ベンガル語の詩集『ギタンジャリ』を自ら英訳して刊行。インドの古典を自らのインド英語で紹介したことでアジア初ノーベル文学賞を受賞。

重吉は師範学校卒業時に、友人に自分の愛読していた『タゴールの詩と文』を贈っています。また、1924（大正13）年6月にタゴールが来日した際、講演を神戸に聞きに行っています。

（写真＝ WIKIMEDIA COMMONS）

友の死

　重吉は小石川福音教会（現在の日本基督教団小石川白山教会）のバイブルクラスに級友と行っています。その中の吉田不二雄は、生涯あまり多くなかった友人の一人であり、重吉に大きな影響を与えました。吉田は大分県南海部郡出身で、文学に熱中しながら、体操や柔道にもすぐれ、クラスでは英雄的な存在でした。その吉田が、一九一九（大正八）年一月三十日、腹痛を訴えました。しかし、若者たちの寮生活の中ではまわりも気にせず、吉田自身も柔道などをするなど無理をしてしまいます。

　重吉がその小柄な体で、病んだ大柄な吉田を背負うようにして寮の廊下を歩いている姿を級友たちは見ていました。病状が進み、盲腸炎の診断を受けて、入院するも、すでに手遅れで二月六日に亡くなりました。この吉田の死は重吉にとって大きな悲しみでした。

＊吉田不二雄（八木重吉記念館蔵）

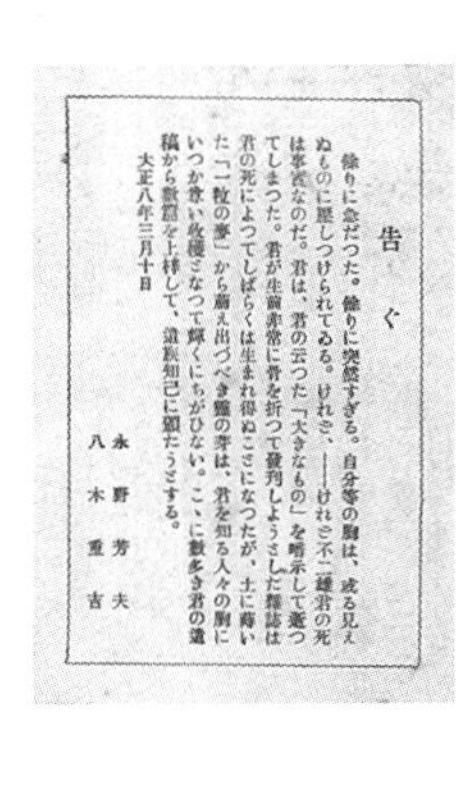

告ぐ

餘りに急だつた。餘りに突然すぎる。自分等の胸は、或る見えぬものに壓しつけられてゐる。けれど、——けれど不二雄君の死は事實なのだ。君は、君の云つた「大きなもの」を暗示して逝つてしまつた。君が生前非常に骨を折つて發刊しようとした雜誌は君の死によつてしばらくは生まれ得ぬことになつたが、土に蒔いた「一粒の麥」から萌え出づべき靈の芽は、君を知る人々の胸にいつか尊い收穫となつて輝くにちがひない。こゝに數多き君の遺稿から數篇を上梓して、遺族知己に頒たうとする。

大正八年三月十日

永野芳夫
八木重吉

＊『一粒の麥』と巻頭に永野芳夫と重吉連名巻頭の小文「告ぐ」（町田市民文学館蔵）

三月十日には吉田の創作、随想、短歌、詩のほか、翻訳二編が収められた遺稿集『一粒の麥（むぎ）』を編んでいます。巻頭には「告ぐ」として永野芳夫、八木重吉連名で小文を書いています。

「君は、君の云つた『大きなもの』を暗示して逝つてしまつた。君が生前非常に骨を折つて発刊しようとした雑誌は君の死によつてしばらくは生まれ得ぬことになつたが、土に蒔いた『一粒の麥』から萌え出づべき霊の芽は、君を知る人々の胸にいつか尊い収穫となつて輝くにちがひない」

「一粒の麥（麦）」は吉田が刊行するはずだった雑誌の名でした。

キリスト教では、「一粒の麦」とは人類の罪のため十字架で死んだイエス・キリストを指します。共に教会に通い聖書を学んだ二人の絆と、二人が大事にしたものが垣間見えるようです。

洗礼を受ける

親友の病と死に触れ、重吉は何を考えたでしょう。文学とキリスト教を共に求めた友です。さらに、キリスト教信仰への思いが募っていったと推測されます。実は吉田が腹痛で倒れる前の一月二十五日、富永徳磨牧師の牧会する駒込基督会を訪ね、洗礼を受けたいと願っています。牧師は教会および、求道者会（洗礼準備のための学び会）に出席するように言い、重吉はこれに従いました。吉田を病院に見舞い、その看病の合間にも教会の学び会に出席していたそうです。

吉田の死後、重吉は富永牧師より洗礼を受けました。重吉所蔵の英文聖書に、重吉の字でこう書かれています。

「大正八年三月二日、駒込教会ニテ、富永牧師ヨリ洗禮ヲ受ク。八木重吉」

決して友の死ゆえに、感情に流されて洗礼を受けたわけではなかったようです。

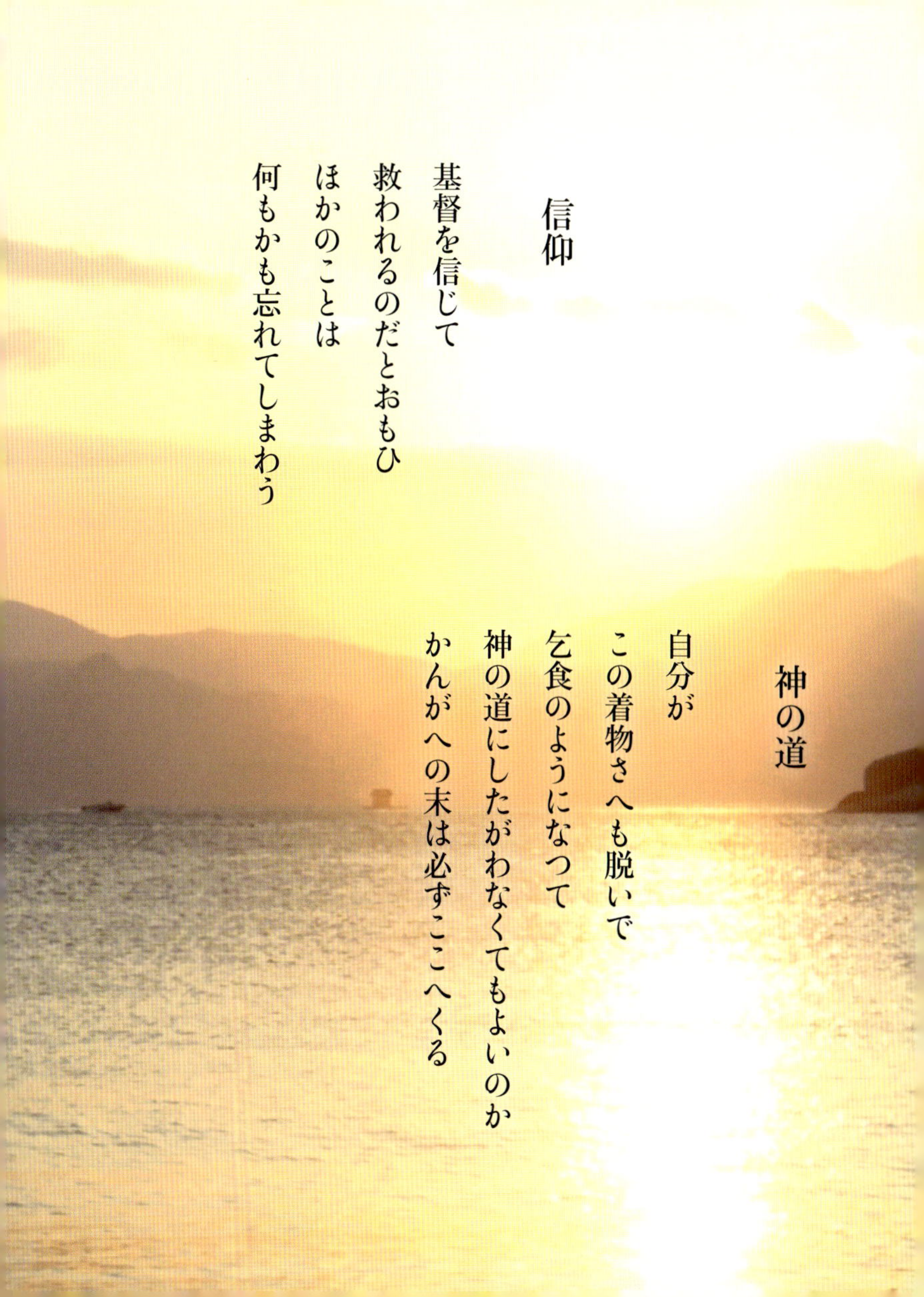

神の道

自分が
この着物さへも脱いで
乞食のようになつて
神の道にしたがわなくてもよいのか
かんがへの末は必ずここへくる

信仰

基督を信じて
救われるのだとおもひ
ほかのことは
何もかも忘れてしまわう

ところが、洗礼後約二か月して、重吉は突然教会から遠ざかっていきます。これは、重吉が無教会主義の内村鑑三に傾倒していたからという説と「生ぬるい、教会の空気にはき気をもよほして」去ったという説があります。前者は、内村はキリストの再臨(*)を唱え、富永は「キリストの有形的再臨は不道理」という立場だったからだという理由です。後者は、重吉が一九二一（大正一〇）年に書いた「教会を捨てた自分が、さて、それにも益した何ものをえたらうか？　生ぬるい、教会の空気にはき気をもよほして、それを逃げはしたが、やはり、ああ、何といふ、微温な現在であるか」という日記からの推測です。

　後に病床で、重吉は教会を離れたことを富永牧師に深く詫びています。若気の至りだったとしても、重吉は帰ってくる場所をもうすでに知っていたのかもしれません。

(*) キリストが再びこの世に来るという教え

富永徳磨

（1875 ～ 1930）

1875（明治 8）年、大分県南海部郡佐伯町に生まれ、佐伯小学校をへて、藩校の鶴谷学館で学びました。1891 年に佐伯教会で洗礼を受けます。鶴谷学館に在学中に、教師として薫陶を受けた国木田独歩の影響を受けて、1894（明治 27）年、国木田と共に上京します。

植村正久のもとで神学、聖書を学び、1901（明治 34）年に按手礼を受けて、日本基督教会の牧師になりました。1903（明治 36）年に金沢石浦教会（現・日本基督教団金沢教会）の牧師に就任。

1907（明治 40）年、金沢石浦教会を辞任して、兄弟と学生 6 名と共に、東京の自宅で駒込基督会を組織し、文筆活動と説教を行いました。そして、1919（大正 8）年 3 月 2 日、八木重吉に洗礼を授けました。1918（大正 7）年に中田重治、内村鑑三、木村清松らが起こした再臨運動の際に、海老名弾正、三並良、今井三郎、杉浦貞二郎らと共に反対運動を起こしたことでも知られています。

（写真＝八木重吉記念館所蔵）

Noodles

うどん屋「開都」

重吉の生まれた町を歩いていると、重厚な店構えのうどん屋を見つけました。農家の築百五十年の家を移築したそうです。中に入ると、木の梁と、大黒柱。農機具も飾ってあり、「田舎のおばあちゃんの家」といったイメージ。

訪れたランチタイムには、平日にもかかわらずたくさんの人で賑わっていました。プリッと弾力のあるうどんに舌鼓。店長おすすめで、特に女性客に人気なのは「黒かいと」。お酢とラー油とこしょうの味付けで、えびと野菜がたっぷりのヘルシーメニューです。重吉が好んだとされるコロッケ、とろろご飯を入れた重吉膳なるものも以前はあったそう。復活を望みます！

✳店内のようす

✳店長おすすめ「黒かいと」
（980円税込）

東京都町田市相原町 2180-1　TEL 042-775-5701
営業時間　［昼］11:00 ～ 15:30（LO.15:00）
［夜］17:00 ～ 21:30（LO. 21:00）
年中無休（年末年始 12 /31 ～ 1/3 のみお休み）

＊「こころ最中」（1080円税込）

※外観

Sweets

和菓子屋「明月堂」

JR横浜線相模原駅から徒歩三、四分、町田街道沿いに趣のある和菓子屋さんを見つけました。店に入ると「こころ最中」とあり、重吉の詩「心よ」が見えます。

「心」なので、「ハート」の形。町田市の市民文学館で八木重吉展が開催された際に企画された最中です。

三色あって、白は柚子餡。薄茶は大納言で、つぶの甘みがちょうどいい、どちらも気品ある大人の味。ピンクは変わり種のチョコ味餡。お子さんにも人気の一品です。

甘いお菓子を食べながら、重吉の詩を味わうのも、またおつですね。

東京都町田市相原町1234-5　TEL 042-772-6948
営業時間　9:00～19:00
定休日　月曜日

ふるさとの川

ふるさとの川よ
ふるさとの川よ
よい音をたててながれてゐるだらう

母をおもふ

けしきが
あかるくなつてきた
母をつれて
てくてくあるきたくなつた
母きつと
重吉よ重吉よいくどでも
はなしかけるだらう

父とスペイン風邪

一九一九年の十二月、全国的に流行したスペイン風邪に、重吉はかかってしまいます。肺炎を併発し、入院。一時は重体となります。年を越しての入院生活は三か月に及びました。その後ようやく回復し、付き添いの父とともに堺村に帰り、自宅療養することになりました。その時のことを重吉は「父」という詩にしています。

私が三月も入院して
死ぬかと云われたのに
癒って国へ俥で帰りつく日
父は凱旋将軍のように俥のわきへついて
　歩るいてゐた
黒い腿引をけつっきりひんまくって
あの父をおもふとたまらなくなる

子を思う父の気持ち、親を思う子の気持ちが交差する親子愛あふれる詩です。

スペイン風邪

1918年から19年にかけ全世界的に流行した、インフルエンザの一種です。感染者5億人、死者5,000万〜1億人といわれ、記録にある限り、人類が遭遇した最初のインフルエンザの大流行です。当時の世界人口は約18億人〜20億人であると推定されているため、全人類の約3割近くがスペイン風邪に感染したことになります。日本では、当時の人口5,500万人に対し39万人（当時の内務省は39万人と発表しましたが、最新の研究では48万人に達していたと推定されている）が死亡したそうです。

発生源は1918年3月、米国のデトロイトやサウスカロライナ州付近。その後同年6月頃、ブレスト、ボストン、シエラレオネなどでより毒性の強い感染爆発（パンデミック）が始まりました。米国発であるにもかかわらずスペイン風邪と呼ぶのは、情報がスペイン発であったため。当時は第一次世界大戦中で、世界で情報が検閲されていた中でスペインは中立国であり、大戦とは無関係でした。一説によると、この大流行により多くの死者が出たため、第一次世界大戦終結が早まったといわれています。

2章
とみとの出会い。

運命の出会い

スペイン風邪により、結局重吉は東京高等師範学校の本科二年を三学期休学のまま終えました。

学校は、その年から全寮制を廃止したのですが、重吉は下宿がなかったため、サッカー部の合宿に交じって学校に残りました。ところが、下級生たちが病気の噂を聞き、その感染を恐れたので、重吉は急きょ寮を出ることになってしまったのです。しかし、そのおかげで、運命ともいえる出会いが待っていました。

重吉は石井義純という教師とその友人の三人で、一軒家を借りて暮らしました。一年たった三月、重吉は石井から「一週間ほど一人の少女の勉強を見てやってほしい」と頼まれます。御影師範への赴任がすでに決まっていて、後は郷里に一度帰る予定があっただけであった重吉は、その依頼を受けます。その少女がのちに妻となる島田とみだったのです。とみはまだ肩上げのとれない着物姿で、終始伏し目がちにしていました。とみは新潟県高田市の士族の出で、日本画やまき絵を描いていた父・助作と一九一六（大正五）年に死別し、やはり日本画を描いていた兄夫婦が翌年、家をあげて東京麻布へ出て来たのと一緒に上京。麻布高等小学校を卒業後、家事の手伝いをしながら独力で勉強していました。

　ところが、滝野川の女子聖学院三年への編入試験を受けることになり、勉強を教えてもらうために、重吉と同じ下宿の石井を訪ねます。そして石井が重吉にその役を譲ったのです。

　一週間、机をへだてて向かい合い、重吉は英語と数学を教えました。その一週間の間に、重吉はとみに恋心を抱きます。しかし、とみは当時十六歳。まだまだ幼く、重吉の思いには気づきませんでした。

＊池袋の下宿の人たちと
1921（大正 10）年頃
左から重吉、小学校教師の石井義純
（八木重吉記念館蔵）

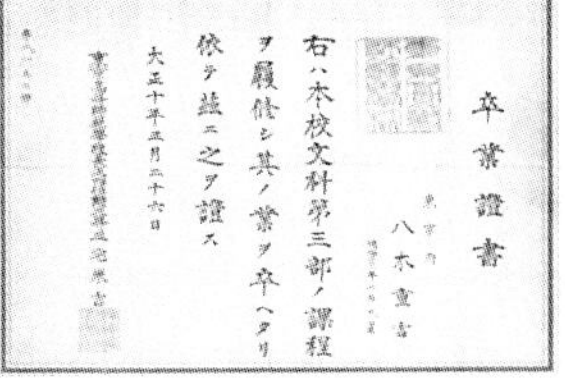

卒業證書

八木重吉

右ハ本校文科第三部ノ課程ヲ履修シ其ノ業ヲ卒ヘタリ依テ茲ニ之ヲ證ス

大正十年三月二十六日

＊東京高等師範学校卒業証書（複製）
1921（大正 10）年 3 月 26 日
（八木重吉記念館蔵）

募る思い

重吉はとみに勉強を教える最後の日、「あなたが試験に合格したら、僕の描いた絵をお祝いにあげます」と言っていました。編入試験に見事合格したとみは、それを報せに下宿に立ち寄ります。しかし、重吉は「柱にもたれてぼーっとしていた」と、とみは後に回想しています。

せっかく出会った運命の相手とすぐに離れなくてはいけないことに、重吉はどうしていいかわからなくなっていたのかもしれません。

四月、兵庫県御影師範学校に着任しますが、重吉にとっては、まわりとの価値観の違いに苦しむ日々でした。仕事場である学校の職員室での話題といえば、米の値段だの、貸家を建てていくら家賃を取るかという世俗臭に満ちたものだっただけに、やりきれない思いだったのです。そういう話題自体が悪というわけではありませんから、重吉の好みではなかったといえば、それまでなのですが、ストイックなまで真理を求める重吉らしさが感じられるエピソードです。生徒に対しても失望していたようで、「わがおもひかたらんとして／あまりにも夢なき子らにもだしてやみぬ」と日記にも書いています。重吉はひとり校庭に出て、木陰で聖書を読んだりしていました。

知り合いもいない異郷の地で、重吉の心の慰めとなったのは、とみの存在です。彼の当時の日記には、その募る思いが書かれています。

「縁――そうです。縁の糸のあやつりです。私が池袋のあの家に居ったことが、まづ、偶然でした、あなたが、あの家を尋ねられたことも偶然です、……一週間しか相見ぬ君を、いつまでも、いつまでも忘れ得ぬといふ――これも、一つの宿命でなくて何でせう！……きみを得る価がもし何であったら、買はぬであらう――私は、それほど価たかいものを持ち合わせては居ない！……地位を捨てよ！　今すぐでも捨てます、……父と母を捨てよ、……痛い要求！　然し、それなしには君を得られぬ場合には、捨てなければなりません、泣いて、ゆるしを乞ふて、去らねばなりません、……日まへの上衣を捨てよ！　捨てます、……日本に住む人々のうち、もっともまづしい人となれ、……します、……信仰を捨てよ！冗談ぢやありません、それは生命を捨てよといふと同じです、T子を捨てよといふと同じです、信仰あってこそT子を愛し得るのではありませんか、信仰によつてのみ純潔に結び付き得るのではないか……信じて生くるはお互ひの愛と離れがたいことです、二人の愛が、信仰に抱かれたものでなくて、どうして価があり得ませうか！」（「日記」一九二一年十一月二十六日）

あるときはつめたききみがみこころに
あきらめに似し　さびしさおぼゆ

おさなきは君がくちびる
さりながらきみ十七の秋にあらずや

日にいちどきみがふみなどとりいだし
くりかへすべきならひがおかし

「師」といふが　そらぞらしくて
妹とよびたき　おもいしきりにわくも

※とみへの思いを込めた短歌。
「日記」一九二一（大正一〇）年九月より

※重吉ととみ　1922（大正 11）年 3 月頃（八木重吉記念館蔵）

兵役経験

＊6週間の現役兵の頃。1921（大正10）年。
前列中央が重吉（八木重吉記念館蔵）

重吉は、陸軍の現役兵として一九二一年七月から六週間、姫路市の歩兵第三十九聯隊に入営しました。この頃の体験について、重吉は一切記していません。ことばをたくさん残している重吉が、なぜ何も語らなかったのでしょうか。

重吉の詩に「劍を持つ者」があります。

「つるぎを　もつものが　ゐる、／とつぜん、わたしは　わたしのまわりに／そのものを　するどく　感ずる／／つるぎは　しづかであり／つるぎを　もつ人は　しづかである／すべて　ほのほのごとく　しづかである／やるか?!／なんどき　斬りこんでくるかわからぬのだ」

聖書には「剣を取る者はみな剣で滅びます」(*)、とあります。剣とは何でしょうか。重吉は人間の、心の奥底に潜む自己中心な醜き心と、常に対峙しながら生きていたのかもしれません。

(*)新約聖書マタイの福音書二六章五二節

重吉はとみへの熱い恋心ゆえに、発熱してしまうほどでした。苦しみぬいた末に、重吉は高等師範時代の先輩であり、先生でもあった内藤卯三郎（のちに愛知学芸大学〔現・愛知教育大学〕学長）に手紙を書き、とりなしを頼みます。

　重吉の長い手紙に添えられた池袋のとみの姉の家の地図を頼りに、同家を訪れた内藤は、とみの兄のところに行く必要を感じました。兄は内藤の話に対し、即答できずに、とみはまだ女学校の三年生であり、重吉にはわずか一週間教わっただけで、お互いによく知らないのではないか、というような返事しかできませんでした。当然といえば当然です。

　実は、当時重吉には実家からの縁談があったのです。相手は兄嫁の妹です。内藤は実家との軋轢を心配しますが、重吉の決意は固いものでした。内藤は重吉との何度かのやりとりの中で、彼の気持ちは真剣さを汲み取り、その後何回も島田家に足を運んで説得しました。とみの兄は内藤の誠実な人柄に重吉を重ねたのか、とうとう承諾します。ただし、条件がありました。当時とみは東京の女子聖学院の三年生であり、学校を卒業させてから、というものでした。

内藤は重吉の親元にも事情の報告をしますが、重吉の父親は「長兄が反対しているから、勘当同様にするので、よろしく頼む」という返事でした。

当時、結婚といえば、親同士の決めた見合い結婚というのが常識でした。重吉は故郷も家族も大切に思っていましたが、それでも、信仰以外のものはみな、とみのためならば捨てる覚悟をしていたのです。

内藤へのとりなしの頼み事をしてから二か月。重吉は悶々と返事を待っていました。その間とみは、十一月二十七日、聖学院の教会で洗礼を受け、重吉にそのことを知らせています。

とみの中にも重吉への思いが芽生え、育ち始めていたのです。後にとみは著書『琴はしずかに――八木重吉の妻として』(彌生書房)の中でこう語っています。

「師の君であった八木からの思いがけぬ熱烈な愛の告白をこれまでに浴びているうちに、心のなかに八木を慕う気持がひそかに芽生えはじめていたのでもあった。そうして私にとってもっと忘れられないのは、池袋ではじめて会ったときからずっと感じていた、八木から受ける純粋な神々しいともいえる清らかな印象なのであった」

日ごとに高まる恋愛感情を重吉は、短歌や詩に表現しました。重吉の文学の胎動期ともいえる時期です。また英語の本や、詩集、そして聖書を読みながら、心の旅を始めた時期でもあります。

婚約

※当時の東京芝公園（国立国会図書館蔵）

一九二一年の年末、重吉ととみは会うことになりました。これは、重吉と、とみの親代わりの兄とを引き合わせるための内藤の取り計らいでした。東京芝公園内の茶屋で、重吉、とみ、とみの兄・慶治、内藤の四人が会ったのです。兄も重吉を気に入り、すぐに婚約の取り決めがなされます。実家がまだ賛成してくれていないことは、重吉にとってつらいことだったでしょうが、やはり婚約は嬉しいことだったでしょう。

翌年の一月、婚約の式が行われました。列席者は重吉の父・藤三郎、重吉、とみ、とみの兄・慶治、そして仲人役として内藤の五名でした。とみはまだお下げ髪で、姉に借りた縞のお召しの着物に紫の紋付きの羽織でした。重吉は月給をさいてやっと買ったであろう小さいダイヤの指輪を、とみの指にそっとつけました。内藤も驚いたという重吉のロマンチックな一面です。

＊婚約のとき。1922（大正11）年1月。前列右から重吉、とみ、後列右から八木藤三郎、内藤卯三郎、島田慶治（八木重吉記念館蔵）

婚約指輪

婚約時に指輪を渡す習慣は、古代ローマ時代にまでさかのぼります。9世紀にはローマ教皇ニコラウス1世が「婚約をするためには、高価な指輪を用意するように」と、命令を出したと言われています。これ以降、貴族を中心に、結婚の証として指輪を身につける風習が広まっていきました。一般家庭に普及したのは19世紀頃からです。日本はというと、婚約指輪を結納品に添えることが普及したのは1960年頃だと言われています。ですので、1922（大正11）年に、婚約指輪を贈る男性がいたというのは、驚きです。

とみは、「小さいけれどもダイヤの睡蓮の花、プラチナの水の流れの装飾がキラキラと美しく輝やいた。生れてはじめてする指輪がダイヤ入りなのに私はびっくりし、また素直に感動していた」（『琴はしずかに』より）と回想しています。重吉は西洋の本を読んでいたから、知っていたのでしょうか。先端を行きすぎですね。そして、その指輪はやっぱり給料3か月分だったのでしょうか。いやいや、お金のことを言うのは無粋ですね。ダイヤモンドよりも固く美しい重吉のとみへの思いを感じます。

三人だけの結婚式

一九二二（大正一一）年五月初め、とみの兄嫁が病のため亡くなりました。とみは兄一家の主婦代わりを務め、学校にも通う忙しい生活でした。そんな中で彼女は、五月中旬、肋膜炎にかかります。それを知った重吉は、気が気ではなく、髭もそらずに飛んで来ました。そして兄・慶治に、自分は教育者であるから引き取って教育しながら彼女の病気を治したい、と説得しました。

それまでも、婚約してから毎月、とみの学費の足しにと二十円（当時の教師の初任給は四十〜五十五円）を送金していました。慶治は重吉の真情にふれて感激しました。

重吉には、東京と兵庫と遠く離れたままで、病弱なとみを心配しながら、卒業まで後二年も待つのが耐えがたかったのでしょう。強引な感もありますが、彼の一途さを示すエピソードです。そしてついには、せっかく入学した女学校を四年で途中退学させ、とみを御影に迎えたのです。一九二二年七月十九日の夕方、御影町石屋川の新しい借家で、内藤立ち会いのもと三人だけの、つつましい結婚式が行われたのです（戸籍上は十一月二十八日届け出）。内藤を真ん中にして、その両脇に重吉ととみが座りました。これ以上ない簡素な式でした。

しかしとみはこう回想します。

「華やかな婚礼衣装も着ず、豪奢な披露宴もなかったが、それらにまして豊かでまぶしい愛が私たちにはあった。虚礼や虚飾はひとつもなく、何ものにもかえがたい真実の心と心の触れ合いが、そこには流れていたのだ」（『琴はしずかに』より）

このとき重吉二十四歳、とみは十七歳でした。

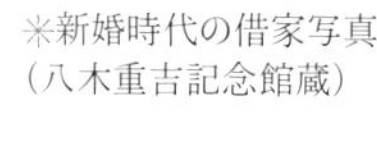

※新婚時代の借家写真
（八木重吉記念館蔵）

新婚時代

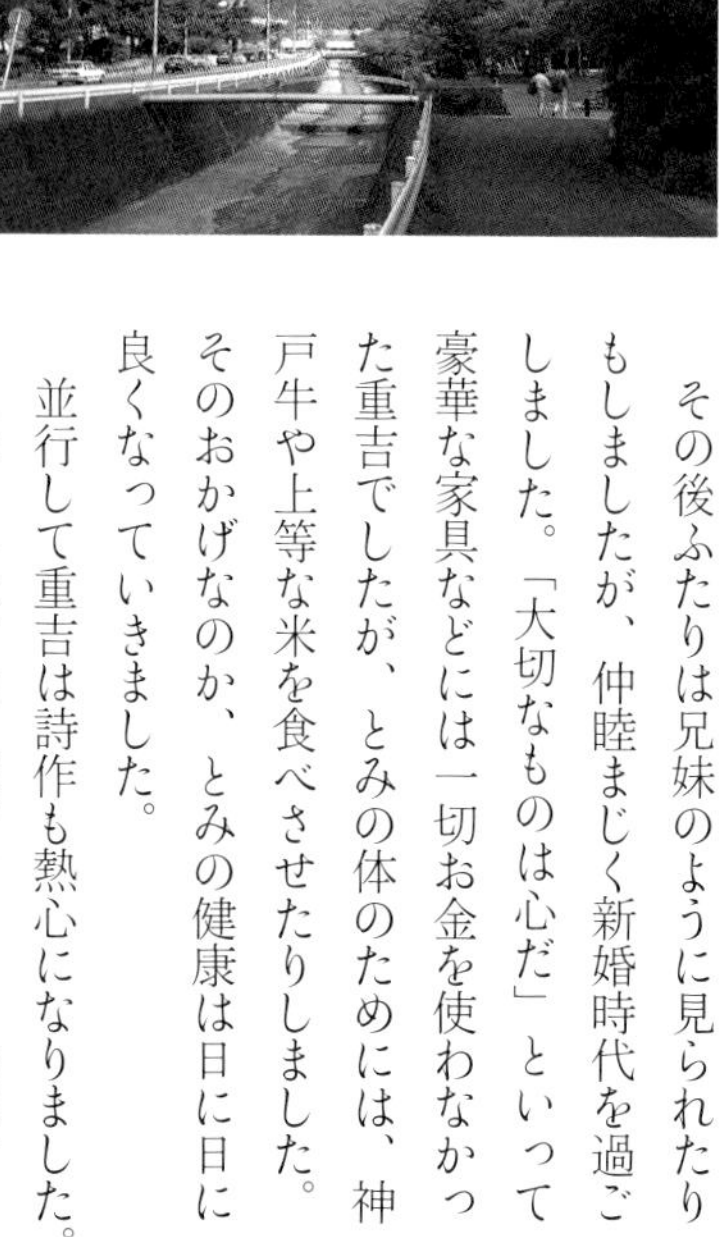

※重吉ととみが新婚時代を送った神戸御影の石屋川付近

その後ふたりは兄妹のように見られたりもしましたが、仲睦まじく新婚時代を過ごしました。「大切なものは心だ」といって豪華な家具などには一切お金を使わなかった重吉でしたが、とみの体のためには、神戸牛や上等な米を食べさせたりしました。そのおかげなのか、とみの健康は日に日に良くなっていきました。

並行して重吉は詩作も熱心になりました。また休日には、山と海、どちらも眺望することのできる御影周辺を、とみとともに写生に行きました。とみの妊娠後、坂のきつい石屋川から少し下った下町の柳にある借家に転居。ここで重吉は多くの詩を書きました。それまでは短歌が多かったのですが、結婚を機に詩が中心となっていきます。仕事から帰ると、毎日詩を書き、そしてリボンを買ってきては綴じて、ふたりで手製の詩集を作っていったのです。

咲く心

うれしきは
こころ　咲きいづる日なり
秋、山にむかひて　うれひあれば
わがこころ　花と咲くなり

雲

くものある日
くもは　かなしい
くもの　ない日
そらは　さびしい

※重吉ととみが新婚時代に作った自作の詩集（八木重吉記念館蔵）

桃子・陽二誕生

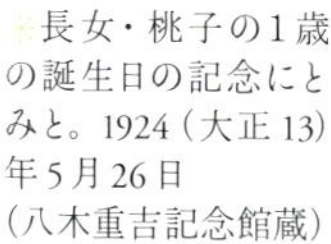

長女・桃子の1歳の誕生日の記念にとみと。1924（大正13）年5月26日
（八木重吉記念館蔵）

一九二三（大正一二）年五月二十六日、長女・桃子が誕生しました。この年は、関東大震災が起き、不況の深刻化など、世相は暗い時代への予感をにじませていました。

とみは続いて二人目の子を妊娠します。桃子の誕生日に、一家は写真屋に行って記念写真を撮りました。重吉ととみが夫婦になってから一緒に撮った写真はこれだけです。

とみは当時の生活を、安らかさに満ちていたと語っています。

翌年一九二四年十二月二十九日、長男・陽二が生まれました。桃子はまだ一歳半です。一家は二人の幼い子どもの声で、一気に賑やかになりました。

当時、妻や子どものために嫌な仕事に携わっている、というような詩もあります。家族をもつことの責任の重さも感じつつ、それを果たそうという強い意志も感じます。

桃子よ

もも子よ
おまえがぐづってしかたないとき
わたしはおまへに　げんこつをくれる
だが　桃子
お父さんの命が要るときがあったら
いつでもおまへにあげる

陽二よ

なんといふ　いたづらっ児だ
陽二　おまへは　豚のようなやつだ
ときどき　うっちやりたくなる
でも陽二よ
お父さんはおまへのためにいつでも
　命をなげだすよ

※左から桃子、とみ、陽二（八木重吉記念館蔵）

詩人・八木重吉誕生

※右、千葉県立東葛飾高等学校に残されているモニュメント。重吉が教師時代は校舎の玄関だった。左は重吉の詩集から名前を取った同学校のセミナーハウスの看板

一九二五（大正一四）年三月、重吉は千葉県東葛飾郡に新設される東葛飾中学校（現・千葉県立東葛飾高等学校）へ転任となりました。実家に近いということも、転勤を決心させる一因だったことでしょう。しかし、この千葉で重吉は発病してしまうのです。

重吉は、かつてスペイン風邪から重体に陥って回復したとき、三年間は結婚しないようにと医師の忠告を受けていました。それを破り、早い結婚生活に入っていたことも、病の理由になったのかもしれません。

しかし、ふたりにとって、この新天地は魅力ある土地でした。御影のなだらかで優しい風景とは違う荒削りの自然が広がっていました。家の前の原っぱに一本の道があり、その行き着くところに雑木林がありました。左手は森。目を上げると筑波山。教職員住宅の裏には四軒共同の井戸がありま

※左上、重吉時代から東葛飾高等学校の校内に残る松の木。左下、初の詩集『秋の瞳』（八木重吉記念館蔵）。右、重吉が住んだ教職員住宅跡に現在も残る井戸（現在は一般の住宅内にあるため、許可無く立ち入ることはできません）

した。井戸だけは、現在も残っています。

裏庭の垣根の先には若い桐の疎林、その向こうは麦畑になっていました。一家はこの雄大な自然の中で、風や光をいっぱいに浴びて暮らしました。重吉は幼少期から御影教師時代に時々見られた苛々した面も消え、実に穏やかでありました。この土地でも、重吉ととみは散歩などを楽しみ、詩もたくさん生まれました。

この年の八月、重吉は初の詩集『秋の瞳』を新潮社から上梓します。これは、彼が生存中手にした唯一の自分の詩集です。小さな詩集でしたが、各誌紙で高評を受け、詩人・八木重吉の誕生を世に知らしめることになりました。それによって詩の寄稿を求められるようになり、佐藤惣之助の主宰する「詩之家」の同人に加わって、今までになかった詩人たちとの交流も始まりました。

✳重吉は学生時代から絵が得意だった。重吉の弟・純一郎が大切に保管し、油彩画・細密画・素描など数点が残っている。重吉は多くの詩にも絵を加えている（八木重吉記念館蔵）

3章

重吉と旅する。

死の病

大正も終わりを告げる一九二六年、年が明けてから重吉は風邪で欠勤するようになりました。近所の医者に診てもらうと、普通の風邪だと言われて解熱剤を渡されます。しかし服用しても下痢を起こし、次第に弱っていきました。内藤が心配して、東京の東洋内科医院に診察を受けに行くように勧めました。

三月になり、とみが付き添って受診すると、院長の高田畊安(こうあん)博士は、結核の二期なので茅ヶ崎の南湖院(なんこいん)に入院するように告げたのです。

結核といえば、当時は死に至る病です。重吉はさぞかしショックだったことでしょう。さっそく、神奈川県茅ヶ崎の東洋内科医院の分院南湖院に入院の手続きをとりました。重吉がもっともつらかったことは、とみや子どもたちと共に暮らせなくなることでした。

高田畊安

（1861 〜 1945）

明治大正期の医師で南湖院院長。丹後国中筋村（京都府舞鶴市）に藩士の子として生まれました。京都医学校を経て1890（明治23）年に東京帝国大学医学部を卒業。この間、1882（明治15）年に同志社教会でD・W・ラーネッドから洗礼を受けました。E・ベルツの助手として帝大に残りますが、肺結核にかかり辞職。全治後の1897（明治30）年東京神田に東洋内科医院、1899（明治32）年には茅ヶ崎に結核サナトリウム南湖院を設立し、一生を結核診療にささげ、東洋一のサナトリウムと称され、東京の医学生のほとんどが卒業必修単位のごとくに見学に訪れたそうですが、1945（昭和20）年に南湖院は全面撤収されて、解散となりました。高田はキリストを医王ととらえ、医王祭（クリスマス）には町をあげて祝い、茅ヶ崎と南湖院の名を有名にした人物です。南湖院には、重吉だけではなく、小説家で詩人の国木田独歩なども入院しました。

（写真＝『療養上の心得 続篇』〔白十字社〕より）

最後の授業

東葛飾中学校で教師となって、わずか一年足らず。重吉はその最後の授業であいさつの後、なんと詩の講義を行いました。重吉は英語の先生です。呆気にとられている生徒たちを前にして、詩の本を読み、静かなうちにも熱を込めて語りました。そして講義の最後に「キリストの再来を信ず」と言って教室を去ったのです。

その少し前には、御影師範の学友雑誌からの依頼で書いた一文に、「世界中の詩の本が亡びても、私には一冊の聖書があればすこしもさびしいことはありません」と書いてあります。

ひたむきに神のしもべであろうとしてきた重吉は、ここに至って、いよいよ信仰は深められ、キリストの「再臨」は確かな実感になり、またそれが、彼を支えるものとなったのかもしれません。

五月、重吉は柏を後にしました。

※南湖院病棟内部（現在は非公開）

※現在も残る南湖院病棟

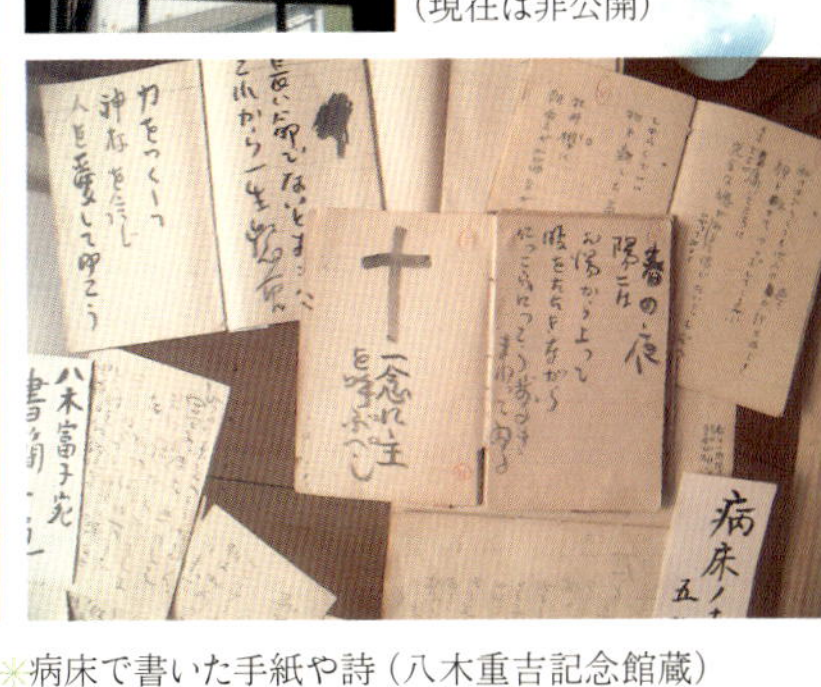

※病床で書いた手紙や詩（八木重吉記念館蔵）

南湖院に入院してから彼は、まるで子どもが母を呼ぶように、会いに来てほしいと、頻繁にとみに便りを出します。その字はふるえているものもあります。今でもその手紙が八木重吉記念館に残っています。重吉の最後の力を振り絞り、思いを伝えようとする手紙を見ていると、胸がしめつけられるようです。重吉は重症者の病棟に入院していたため、子どもは入れませんでした。とみは自分の母に二人の子どもを見てもらって、わずかな時間の面会のために、柏から茅ヶ崎まで通いました。

重吉は詩の中で、「富子／神様の名を呼ばぬ時は／お前の名を呼んでゐる」と書いています。「モーモーコー／桃子／桃子ー」と娘の名を呼んでもいます。そして「在天の神よ／この弱き身と魂をすくひて／神とキリストの光のために働かせて下さい」と神への信仰を告白しています。

最も大切にしたもの

一九二六（大正一五・昭和元）年、内藤はイギリスに留学することになり、南湖院に重吉を見舞いました。いつも重吉夫婦の大切な時期を見守ってきた内藤と、地上での別れの日となりました。

自分の死期をさとった重吉は家族そろって、暮らしたいと願います。茅ヶ崎の十間坂の貸別荘を借りることができたのは、七月でした。念願の自宅療養でしたが、重吉は次々と余病が出て弱っていきました。そこで重吉が会いたいと願ったのは、旧師・富永徳磨でした。十月、富永が重吉を見舞い、重吉は教会を去ったことを詫びました。

重吉は第二詩集『貧しき信徒』の出版準備をします。重吉が選び、とみが清書しました。さっそく、第一詩集『秋の瞳』を出してくれた加藤に送り、出版の尽力を頼みますが、重吉はその完成を見ることはありませんでした。

死を覚悟した重吉は、とみに「子どもたちを立派なクリスチャンにしてほしい。何よりも人間としてよき人間に育ててくれ。必ず手もとにおいて教育してくれ」と語ります。また、とみの母に対して、「とみ子にこんな苦労ばかりかけて申し訳ない」と涙を流して詫びました。十月の初めのある日、重吉は突然手を空に差し伸べ、「主よ、主よ」と呼びました。あたかもすぐそばにキリストがいるかのように。

そして、一九二七（昭和二）年十月二十六日、天に召されました。最後のことばは「可愛い可愛いとみ子」でした。二十九歳八か月の短い生涯でした。

※病床ノートの詩と詩稿（八木重吉記念館蔵）

※上、重吉の聖書（八木重吉記念館蔵）
右、茅ヶ崎の住居跡。現在は整備され、何も残されていない

その後

✳とみ、桃子、陽二
（八木重吉記念館蔵）

翌日のこと、親しいわずかな人々が集まり、南湖院内の聖堂で簡素な葬儀が行われました。その後、親しい友人五人が付き添って、遠い火葬場へ運ばれました。

重吉の遺体は荼毘に付された後、遺骨は故郷の堺村に帰りました。そこで八木家による本葬が執り行われ、屋敷内にある八木家の墓地に葬られました。その墓石には十字が彫られています。

とみは二十二歳の若さで、幼い二人の子どもを抱え、暮らしを立てていなければなりませんでした。池袋に小さな家を借りて必死の生活が始まりました。

重吉の死から四か月して、病床で編んだ詩集『貧しき信徒』が野菊社より出版されました。

とみは働きながら、母と子どもの四人家族を支えます。桃子も陽二も父母に似て豊かな才能にあふれ、八木重吉記念館には二人が描いた絵や書道などが飾られています。二人とも近所の教会学校に通い、桃子はとみと同じ女子聖学院に入学しました。そして毎年、父の召天日には家族で堺村の墓を訪れます。桃子たちは重吉の遺言どおり、とみのよい躾を受けて利発で活発な子どもに育ちました。

桃子が二年になったとき、陽二が男子聖学院に入学します。重吉の死から十年が経っていました。

一九三七（昭和一二）年春、桃子は風邪がなかなか治らないので、診察を受けると、胸に空洞ができていました。十二月二十三日、桃子はとみの所属する池袋ルーテル教会で病床洗礼を受け、その六日後、亡くなりました。

その時、桃子、わずかに十四歳。

さらに二年半後、追い打ちをかけるように、十五歳となった陽二も同じ病で亡くなりました。夫と同じ病で、二人の子どもまで失ったとみは、どのような思いだったことでしょう。

生家の前には、重吉と子どもたちの墓が並んで建てられています。そして、その後、とみの墓もこの横に建てられました。

✳重吉、桃子・陽二、とみのお墓

吉野登美子さん

（故人）
八木重吉の妻（1905 ～ 1999）

私、ここのところ風邪気味で、いつまでも具合が悪いものですから、あさって入院しますの。こうして八木のこと、お話しするのも私の最後の仕事だと思いましてね、今日お会いするまでは何とか生かしてくださいって、お祈りしてましたの。

じつは、昨年も聖テレジア病院（鎌倉市腰越）に三か月入院しまして、そこにもたくさんの八木ファンがいられるんです。俳画のお上手なシスターが、八木の詩に画を描いておられました。海や富士山の見えるいい所でしてね。大きな窓の向こうの広い空。私、子どもみたいに毎日喜んでいました。八木と暮らした柏も、広い空と大きな原っぱがありました。もうずいぶん昔のことです。亡くなって六十四年になりますもの。

初めて出会ったのは私が数えで十七歳の時で、女子聖学院の編入試験を受けるために、八木に勉強を見てもらったんです。だけど、昔の女はみんなおとなしかったでしょ。それにまだ十七ですから、若い男の人の顔などまともに見られないんです。一日二時間ぐらいずつ一週間、八木の下宿に通ったのですが、ほんとに私、下ばっかり向いて勉強していました。

あとで聞いたことですが、八木のほうは、二、三日もすると、入口に立ちつくして私の来るのをずっと待ち焦がれるようになり、火にかけたやかんの水が全部蒸発してしまっているのにも気がつかなかったんですって。

それで、合格したので知らせに行ったら、柱にもたれてぼーっとしているんです。「入学できたら僕の絵をあげましょう」って言ってたのに、そんなことも忘れた様子で、じっと空を見つめているだけなんです。

八木重吉の思い出
妻としての日々を語る

聞き手
大谷美和子

ええ、それから彼は御影師範に赴任したのですが、向こうからもうしょっちゅう手紙が来るようになりまして。私が恥ずかしくて返事を書けないでいると、姉は笑っておりました。そのうち私が声楽を習い出して、その方が可愛がってくださり「ドイツに連れて行きたい」なんておっしゃったので、八木は心配しちゃったんですね。他の人に取られてはいけないって。ひとりで夢中になってたらしいですが、私は恥ずかしくて、ろくすっぽ満足させるような返事は書けませんでした。

ちょうどその頃、彼は熱を出してしまったんです。これでは体がもたないって、先輩でもある内藤先生に頼んで、私の兄に私との結婚を申し込んできたのです。婚約は大正十一年のお正月明けでした。私が聖学院の教会で洗礼を受けたのはその前年の十一月のことです。小さい時から教会へは行っておりましたから。ええ、私の受洗を八木は喜んでくれました。

はい、結婚は十八（数え）の時です。御影には柏に行くまで三年間過ごしました。八木は毎日、学校から帰ると好物のココアを飲んで一休みしたら、二階に上がって日記を付けるように詩を書いておりました。

御影時代はほんとうに楽しゅうございました。夕食をすませると、よく散歩に出かけました。松林の中を流れている石屋川に沿って海まで行ったり、山のほうに行ったり……。川のほとりで八木に歌えと言われますと、シューベルトのセレナーデとか讃美歌とかを、私無邪気に歌っていましたね。絵を描きに行く時は、チョコレートとか果物を風呂敷に包んで持って行くんです。

八木の絵はいいですよね。もっと描かせれば、いい絵がいっぱい残ったでしょうが、

「八木にとっても、この柏時代が最もいい時代だったでしょうね。詩も集中的に書いている感じです」

年子が生まれて、子どもの面倒で絵どころじゃなくなって、かわいそうでしたね。

それと、ふたりでリボンを買いに行っては詩集を作りました。自分の原稿を綴じて題をつけて、小さな詩集にして……。詩の寄稿を頼まれると、きれいに書いたのを出していました。

御影師範では英語を教えていたんですが、その頃の学生さんが訪ねてくださって、いろいろ当時の話を聞かせていただいたことがあります。「僕たちは師範学校を卒業したら小学校の教師になるので、英語なんて教えることはないから、英語はとても不勉強だった。試験でみんなが白紙で出したこともある」って。八木はちっともそんなこと言いませんでしたけどね。だとしたら、どんなに切なかったかしれませんね。

でも、校長や教頭など二、三人の先生が、八木のことを認めてかわいがってくださったようです。そしてね、私はまだ十八、十九でしょう。学校の用事で夜出かけて遅くなるような時は、池田先生っていうお友達の教師のところに私を預けて行くんですの。そして帰りに迎えに来て、連れて帰ってくれました。

そうそう、暮れに私が下の子の陽二をお産して、母が東京から手伝いに来てくれたのですが、熱を出して寝込んじゃって、生まれたばかりの子と三人枕を並べてしまい、八木が桃子の面倒を見ながら困ってしまったことがありました。そしたら、副校長先生の奥様がおせち料理やいろいろなものをお重に詰めて持って来てくださったのです。涙が出るくらいうれしゅうございましたね。

柏に行くようになったのは、学校を新しくつくるので先生を探していたからです。毎日のように柏から電報が来たんですよ、来てくれ来てくれって。いろいろなところ

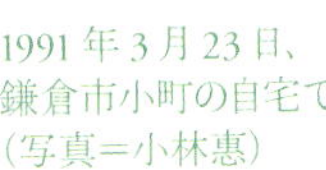

1991年3月23日、
鎌倉市小町の自宅で
（写真＝小林惠）

に照会すると、どこでも八木を推薦してくるということでした。

御影はあんないい別荘地の住みやすいところだったでしょう。海と山があって、暖かくって。だけど柏は違いましたの。新しい職員住宅を四軒造ってくださって、その前は三万坪の原っぱでした。だから眺めはいいとこでしたよ。その向こうに雑木林があって、はるかに筑波山が見えて。裏は桐林。虫は鳴くし、原っぱの上に虹がかかったりして。でも、筑波おろしが原っぱの中の家を直撃ですから、体にはよくありませんでした。季節のいい時はいいですけど。

家は小さかったですが、何もないもんですから、六畳を六畳として使えました。タンスも家具もなくて、たいていの物は押し入れに納まっちゃいましたから。背が金ピカできれいな洋書が床の間の右のほうに並んでいましてね。御影時代に、神戸の丸善に注文して、外国から取り寄せたものです。詩の本とか、キーツの本とか。本以外は何もないような、そんな暮らしでしたけど、私たちにはぴったりでした。若かったから、皆さんかわいがってくださるでしょ。大自然に囲まれて景色はいいし、子どもたちは元気だし、うるさいこと言う人もいませんし。

八木にとっても、この柏時代が最もいい時代だったでしょうね。詩も集中的に書いている感じです。私、あまり八木の詩は、生きている頃は見せてもらっていなかったんです。とくに御影時代は、私のほうが忙しくって。桃子と陽二が続けて生まれて、子育てで無我夢中でしたものね。

でも柏へ行ってからは、私が縁側で用をしてますとね、「ブーチャン、ケツだよー

「野の花をいっぱい摘んで来ては、八木の手製の十字架のかかっている床の間に、端から活けていくんです」

っ」って言うんですよ。私のこと、ブーチャンってあだ名つけたんです。それで飛んで行って、できた詩を見せてもらいました。でも、そうしょっちゅうというわけじゃありませんでしたね。

詩についてもあんまり話したりはしなかったですが、「ユーモアを解さない人はつまらない」って言ってたことを覚えています。八木の詩にはユーモアがあったように思います。それとそばにいて思ったのは、有名な詩人になることなんかより、信仰を高め、神に喜ばれる人間になろうとしていた真摯な求道者って感じでしたね。そんなふうに、八木との生活はずっと簡素でしたが、精神的にはたいへん豊かで、いつも内に静けさをたたえた日々でした。

柏に来てから、八木が怒ったのを見たことないです。お風呂の石炭くべておいてから、桃子と陽二を連れ、よく親子四人で散歩に出かけました。そして、すみれや野の花をいっぱい摘んで来ては、八木の手製の十字架のかかっている床の間に、端から活けていくんです。

私たちが野の花を摘んだその原っぱ、今は団地になっているんですって。職員住宅も井戸だけが残っていて、あとはもうあの当時の面影はないらしいです。残念ですけど、もう六十四年もたっているんですものね。でも、入院した茅ヶ崎南湖院は残っていますの。あそこは五万坪もあります。病舎が松林の中に点在してまして、廊下でつながれていました。全部で十一病棟あって、八木が入院したのは九病棟。玄関からずっと奥のほう、海に近いほうでした。あの当時東洋一の結核療養所でしたの。

はい、柏に来て一年ちょっとで発病しました。高等師範に在学中に、スペイン風邪にかかって肺炎になり、死にそこなったらしいんですよね。退院する時、お医者様に、三年間は結婚しちゃいけないって言われてたんですって。それなのに私と結婚するようになったでしょ。私が肋膜にかかってしまったものだから、引き取って丈夫にしますって、結婚が約束より二年早くなってしまい、申し訳なかったと思っています。でも、三年は結婚がだめっていうこと、あとで聞いたんですよ。

大正十五年の五月に八木は南湖院に入院しました。その頃は柏から上野まで一時間、それからまた東海道線で茅ヶ崎まで一時間半はかかり、さらに駅から南湖院まで歩くと相当ありますから、往復する時間はたいへんなものでした。

ですからもう本当に哀れで……。会いに行けば喜んでくれますけど、家では桃子と陽二が泣きながら待ってるでしょ。八木もね、手紙では、「来い、来い」って言ってるのに、行けば、「子どもが待っているからもう帰っていいよ」と言うんです。

そうですね、面会は一時間ほどだったでしょうか。それからまた一生懸命帰るんです。夕方もう暗くなった頃、原っぱの一本道に、私の母におぶさって泣いている陽二の姿が見えるんです。桃子も手を引かれて、私の帰るのを待っておりました。胸が締めつけられる思いで、つらかったですねえ。それで七月には退院し、私たちも柏を引き払って茅ヶ崎の貸し別荘を借り、私の母に応援に来てもらって、五人での闘病生活に入りました。

初めは寝たり起きたりしてましたけど、だんだん弱っていって仰臥のままの生活が続くようになりました。その間、陽二が幼児感染してしまったらしく、私は朝早く起きて陽二をおぶって海辺まで通って、いい

「家族でいっしょに朝晩お祈りして。詩に出てくるような短いお祈りでした。子どもは膝の上にうつ伏したりして、八木が祈りました」

空気を吸わせました。それから帰って来ると、子どもの世話は母にまかせて、割烹着から全部着替えて、今度は八木の看病に当たるんです。

八木は仰向けのまま、小さなノートに鉛筆で詩を書き続けておりました。ほんとに痛々しいような字で。絶唱ですね。……それでね。第二詩集『貧しき信徒』の出版の準備を始めましたの。私に指図して詩を選びましてね、私が清書をいたしました。寒い時だったと思います。手がかじかんで、うまく書けなかった記憶がありますから。時間をかけて、ようやくまとめることはできたんですけど、ついに八木はその『貧しき信徒』を手にすることはできませんでした。第一詩集の『秋の瞳』と同じく、八木の遠縁にあたる加藤武雄さんにお願いしたのですが、八木の命が完成までもたなかったんです。

病気のことはね、その頃は特効薬もありませんし、覚悟はしてましたけど。ええ、八木もそうみたいです。

遺言ですか？　桃子と陽二を一緒に育てて、立派なクリスチャンにしてほしい。お前を信ずるって。仰臥生活になってからでした。それで私、そんなに心配しないで大丈夫よって言いました。安静療法でしたから、あまりものを言わなかったんですね。

私思いますに、八木はクリスチャンとして純粋でちゃんとした人でした。いつイエスさまが再臨なさっても、「八木、おまえはいい子だった」と言われる人間になりたいって言っておりました。信仰に熱心すぎて、自分に厳しすぎて、だから初めは神経質な人だなって思いました。でも柏に行ってからは、ピリピリしたところがなくなって、もう本当に穏やかになりました。

かしこまって、信仰の話とかはあまりしませんでしたが、家族でいっしょに朝晩お祈りして。詩に出てくるような短いお祈りでした。子どもは膝の上にうつ伏したりして、八木が祈りました。

そうそう、『秋の瞳』を出した時、原稿料がちょっと入ったんです。たしか二円いただいたと思います。八木は、さっそく人々に分けようって、二十銭の聖書を十冊買ってきましてね。そしたらその頃、流山のほうから孤児院（児童養護施設）の子どもたちが列になって歌を歌いながらやって来たんです。私の家にも寄ったので、私は、「あなた、読めたら読んでちょうだい」って言って一冊あげたの。あとは八木がいろいろな方に差し上げたと思います。

八木が召されたあと、十年後に桃子が、その三年後には陽二が結核で次々と召されたでしょう。私は八木の詩を入れた籐のバスケットを下げて吉野秀雄の家に来まして、何とか八木の詩を守りたい一心で、バスケットを防空壕に入れたりしながら守りました。吉野が鎌倉のペンクラブの人たちに、八木重吉の詩は本物ですって、太鼓判を押してくれたことから、だんだん皆さんに認められるようになっていったんですね。

私の一番好きな詩ですか？　やはり「素朴な琴」でしょうか。

八木は、生きている間は伝道が一つもできなくて、それがとってもイエスさまに申し訳ないと思っていたんですよね。だから、八木の詩が今、イエスさまを伝えるお手伝いをしていると思うと、ほんとにうれしゅうございますね。

＊このインタビューは、一九九一年三月に行われたものです。吉野登美子さんは、一九九九年二月に九十四歳で天に召されました。

石塊（いしくれ）と　語る

石くれと　かたる
わがこころ
かなしむべかり

むなしきと　かたる、
かくて　厭くなき
わが　こころ
しづかに　いかる

草に　すわる

わたしの　まちがひだつた
わたしのまちがひだつた
こうして　草にすわれば　それがわかる

冬

木に眼が生（な）つて人を見てゐる

心よ

こころよ
では　いつておいで
しかし
また　もどつておいでね
やつぱり
ここが　いいのだに
こころよ
では　行つておいで

花

花はなぜうつくしいか
ひとすぢの気持で咲いてゐるからだ

花がふつてくると思ふ

花がふつてくると思ふ
花がふつてくるとおもふ
この　てのひらにうけとらうとおもふ

太陽

お前はしづんでゆく
何んにも心残りもみえぬ
何んの誇るところもみえぬ
ただ空をうつくしくみせてゐる

無題

空のように　きれいになれるものなら
花のように　しづかに　なれるものなら
価なきものとして
これも　捨てよう　あれも　捨てよう

蟲

蟲がないている
いま　ないてをかなければ
もうだめだというふうにないている
しぜんと
涙をさそわれる

無題

ぽくぽく
ぽくぽく
まりを　ついていると
にがい　にがい　いままでのことが
ぽくぽく
ぽくぽく
むすびめが　ほぐされて
花がさいたようにみえてくる

＊「蟲」の詩のみ、詩集からではなく自筆原稿に合わせた表記にしました

重吉の詩の広がり

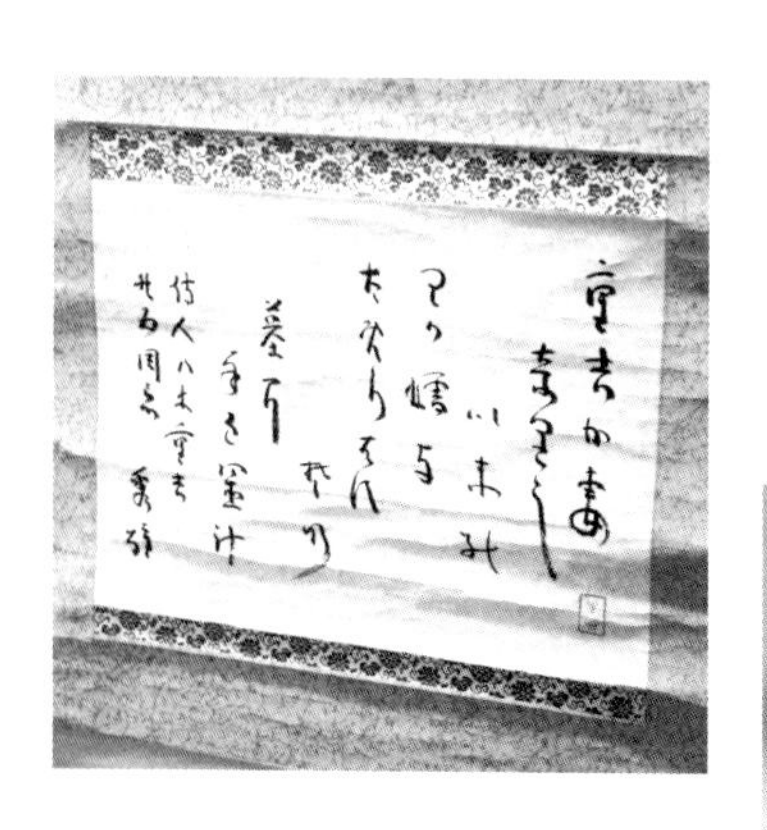

※上、吉野の書（八木重吉の詩を愛好する会蔵）。「重吉の妻／奈りし／いまの／わが妻よ／ためらわず／その／墓に／手を置け」とある。右、重吉の死後発行された詩集

太平洋戦争開戦の翌年、とみは思い出深い南湖院の受付事務員として住み込みました。一九四四（昭和一九）年、とみは南湖院を去り、鎌倉の歌人吉野秀雄宅に、母を失った四人の子の教育係として入りました。とみは空襲の中でも、重吉の詩稿を入れた籐のバスケットを懸命に守り続けました。

敗戦となった二年後、とみは吉野と再婚します。そして、吉野の理解と協力を得て、重吉の詩集が次々に刊行されていったのです。吉野は妻の元夫の詩集を出すことに躊躇しなかったのでしょうか。

吉野の書が今も八木重吉愛好会の方々によって大切に残されています。「ためらわずその墓に手を置け」とあります。現在の家族に気をつかって、遠慮していたであろうとみにとって、ありがたい言葉だったでしょう。とみを思う吉野の深い愛情に心が打たれます。

無題

すこし死ねば
すこしうつくしい
たくさん死ねば
せかいは
たくさんうつくしい

ねがひ

ものを欲しいこころからはなれよう
できるだけ　つかんでゐる力をゆるめよう
みんな離せば　死ぬるようなきがするが
むりにいこぢなきもちをはなれ
いらないものからひとつづつはなしてゆこう

金魚

桃子は
金魚のことを
「ちん　とん」といふ
ほんものの金魚より
もっと金魚らしくいふ

重吉を評価する文学者たち

重吉が生前出したのは、たった一冊の詩集だけでしたから、誰もが知る人物ではありませんでした。しかし、ひとたび彼の詩に出合った人々は何度も何度もその詩を味わいたいと思うのです。名だたる文学者たちも例外ではありませんでした。

高村光太郎
（1883 ～ 1956）

詩人、歌人、彫刻家、画家
『道程』、『智恵子抄』等の詩集が著名で、
日本文学史上、近現代を代表する詩人
として位置づけられる。

「このきよい、心のしたたりのやうな詩はいかなる世代の中にあつても死なない。詩の技法がいかやうに変化する時が来ても生きて読む人の心をうつに違ひない。それほどこれらの詩は詩人の心のいちばん奥の、ほんとの中核のものだけが捉へられ、抒べられてゐるのである」（『定本 八木重吉詩集』〔彌生書房 1959 年より引用）

（写真＝ WIKIMEDIA COMMONS）

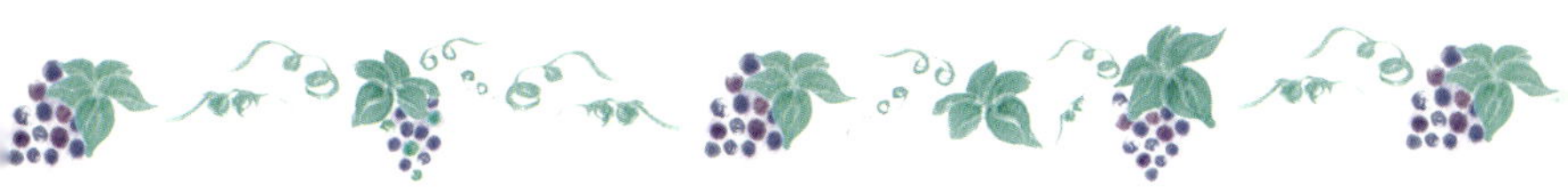

田中清光

（1931 ～）

詩人・評論・美術作家

2008 年『風景は絶頂をむかえ』で三好達治賞受賞。

「八木重吉は詩人として、キリスト教信仰と詩の表現という、重たい主題を生涯をもって実行したわが国では独自の存在と言える人である。……二十九歳で夭逝した詩人に、まるで結晶体のように現れた純粋無類の精神、魂のはたらきは、変化の多い今日においても決して忘れるべきものではないと考えている。この詩人の詩は日本の近代詩が、欧米文化の圧倒的な影響を受け入れて成り立ったにもかかわらず、そこに内蔵されているキリスト教については、日本の詩としては血肉化しきれずにきた。その空白を、おのれの生命を傾け尽くして自立した詩とした、ともいえるものである。」（『八木重吉の詩と生涯』（書肆　風の家 2016 年）より引用

（写真＝本人提供）

✡ 重吉の証人2

「悲しみの詩人ではなく、幸いの詩人だと思います」

神林由貴子さん
学芸員
町田市民文学館ことばらんど

二〇一六年、重吉ゆかりの地、町田市の町田市民文学館ことばらんどで開館十周年企画として「八木重吉――さいわいの詩人――展」が開かれ、大盛況だったそうです。学芸員の神林由貴子さんに話を聞きました。

「開館以来、切望していた八木重吉展を十周年の記念の年に開催することができました。重吉は、些細な日常の幸せを詩の中に掬（すく）い上げています。重吉の詩は、自分にとっての幸せ、他の人にとっての幸せ、自分はどうあるべきか、ということについて考えさせてくれます。東日本大震災をきっかけに、本当に大切なものは何かに思いを巡らせてきました。震災から五年を迎えますが、重吉の詩はそういう心持ちに寄り添ってくれました」

重吉の詩の魅力についてはこう語ってくれました。

「重吉は、簡単なわかりやすいことばで詩を紡いでいます。一見、誰にでも作れそうな詩なのですが、対象の捉え方、オノマトペの表現、一つ一つのことばの選び方などは、誰にもまねできるものではありません。また、悲しみや願いを美しくうたうだけでなく、日常のささやかな幸せや、誰もがもつ醜い心をも素直に描きだしています。だから共感できるし、ストレートに心に響いてくるのだと思います」

重吉の詩には、激しく攻撃的な面もあれば、純粋で繊細な面もあります。

「重吉の心の揺れのようなものも、すべて妻のとみさんが受け入れていたのではないかと思います。だからこそ、重吉はこのような詩を書けたのではないかと思います」

とみの存在はもちろんですが、重吉の

［町田市民文学館ことばらんど］
東京都町田市原町田4丁目16番17号
TEL 042-739-3420
利用時間　10：00 ～ 17：00
休館日　月曜日（祝休日の場合は開館）、
毎月第2木曜日（祝日の場合は次の平日）、
12月29日から1月4日／特別整理日等

詩を語る上で忘れてはならないのがキリスト教信仰です。

「重吉はキリストへのささげものとして詩を書き、詩がついには祈りのことばとなることを願っていました。そのために、結核という当時の死の病の中でも身を削るようにして詩を作り続けたのだと思います」

重吉の詩に次のようなものがあります。

詩人とは　かなしみのひと
詩こそは　かなしきよろこび
世にあらざるは　さひわひのうたびと

「重吉は悲しみの詩人だというイメージがあるように思うのですが、私はあえて『さいわいの詩人』と副題をつけました。没後九十年を経ても人々に愛され、私たちに生きる力を与えてくれる重吉こそは幸いの詩人と言えるのではないかと思います」

企画展の時には重吉の詩に絵をつけるコンテストが開催され、小中学生部門など、力作揃いだったという。

「若い世代には、重吉の詩を知らない方もいらっしゃるようですが、このコンテストに応募してくれた小中学生は、しっかりと重吉の思いを受けとめていました。これからも若い世代に重吉の詩を伝えていきたいですね」

＊2016年の企画展のようす

私の詩

（私の詩をよんでくださる方へささぐ）

裸になってとびだし
基督のあしもとにひざまづきたい
しかしわたしには妻と子があります
すてることができるだけ捨てます
けれど妻と子をすてることはできない
妻と子をすてぬゆえならば
永劫の罪もくゆるところではない

ここに私の詩があります
これが私の贖（いけにえ）である
これらは必ずひとつひとつ十字架を背負ふてゐる
これらはわたしの血をあびてゐる
手をふれることもできぬほど淡々しくみえても
かならずあなたの肺腑（はいふ）へくひさがって涙をながす

うつくしいもの

わたしのみづからのなかでもいい
わたしの外の　せかいでも　いい
どこにか「ほんとうに　美しいもの」は　ないのか
それが　敵であつても　かまわない
及びがたくても　よい
ただ　在るといふことが　分りさへすれば、
ああ、　ひさしくも　これを追ふにつかれたこころ

かなしみ

このかなしみを
ひとつに　統ぶる　力はないか

無題

神様　あなたに会ひたくなつた

貫ぬく光

はじめに　ひかりがありました
ひかりは　哀しかつたのです

ひかりは
ありと　あらゆるものを
つらぬいて　ながれました
あらゆるものに　息を　あたへました
にんげんのこころも
ひかりのなかに　うまれました
いつまでも　いつまでも
かなしかれと　祝福(いわわ)れながら

祈

ゆきなれた路の
なつかしくて耐えられぬように
わたしの祈りのみちをつくりたい

ねがひ

きれいな気持ちでゐよう
花のような気持ちでゐよう
報いをもとめまい
いちばんうつくしくなってゐよう

重吉の証人3

天利 武人さん

柏第一宣教バプテスト教会 牧師
八木重吉の詩を愛好する会事務局

一九八五（昭和六〇）年二月、千葉県柏市に、重吉の詩に魅せられた方々によって「八木重吉の詩を愛好する会」が結成されました。結成メンバーは、柏市の牧師、天利武人さんと、当時高校教諭だった小林正継さん、画家の大山八さん（故人）、そして当時市議会議員だった青木紀夫さん（故人）です。天利さんと小林さんは、重吉が教師として勤めた柏市にある千葉県立東葛飾高等学校（重吉の時代は東葛飾中学校）出身でもあります。せっかくのゆかりの学校。重吉の詩碑を建てたいという三人の夢は多くの賛同を得、その年の終わりに詩碑が完成しました。

天利さんが、母校ゆかりの重吉の詩に出合ったのはその高校に通っていた頃。母親が読んでいた詩集を何気なく手にしたのがきっかけでした。「しのだけ」という詩でした。

「この／しのだけ／ほそく／のびた／なぜ／ほそい／ほそいから／わたしのむねが／痛い」（『秋の瞳』より）

「ほそいから痛む？　なんだこの詩は！　というのが第一印象でした。重吉の詩と生涯を知った今では、重吉が病を得て、苦しみを知って、死と隣り合わせの生活を送っていたゆえに、細いもの、弱いものに自分を重ねたのだろうとわかりますが、当時の私はぎょっとして、そして、この人の詩をもっと読んでみたい、と思ったのです」

人間の心を突き刺すような重吉の感性に圧倒されたという天利さん。その後の人生にはいつも重吉の詩があったそうです。

「恋愛しているときには恋愛の、結婚の時、子どもが生まれた時、病を得た時

「自分を見つめ直すきっかけとして重吉の詩を読んでほしい」

……いつも、心の深いところで共感できるような詩がありました」

そんな天利さんが六十歳になった頃、突然病魔が襲いました。

「突然左肩と足に激しい痛みを感じ、救急で診察を受けたのですが、原因がわからない。最終的にわかったのはB群溶連菌による劇症型壊死性筋膜炎だということ。時既に遅しで、足を切断しなければ命が助からないということでした」

重吉の詩とキリストの福音を伝える牧師として精力的に活動していた天利さん。テニスなどにも親しむスポーツマンでした。足を失った痛み、悲しみに寄り添ってくれたのもやはり重吉の詩でした。枕元にはいつも聖書と重吉の詩集がありました。

「若い人たちは、重吉の詩を知らない人も多い。ぜひ重吉の詩を読んで、自分を見つめ直してほしいと思います。現代人は情報はたくさん入ってくるけれど、自分を見失っている人が多いんじゃないかな。自分の真の姿は受け入れがたいかもしれないけれど、本当は大切なことなんですよ。重吉がそういう詩を書けたのは彼がクリスチャンであったからでしょうね」

真の自分を受け入れてくれる存在を重吉は知っていたのです。

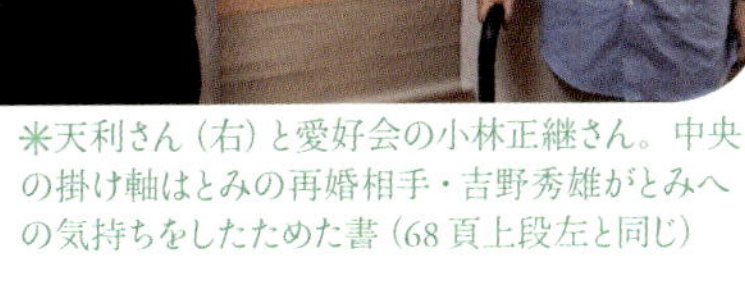
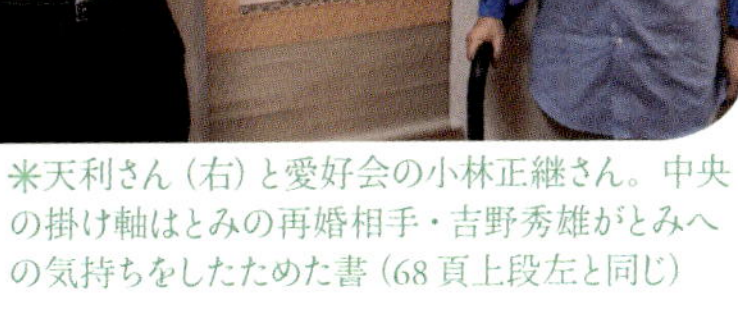

＊天利さん（右）と愛好会の小林正継さん。中央の掛け軸はとみの再婚相手・吉野秀雄がとみへの気持ちをしたためた書（68頁上段左と同じ）

大木（たいぼく）を たたく

ふがいなさに　ふがいなさに
大木をたたくのだ、
なんにも　わかりやしない　ああ
このわたしの　いやに安物のぎやまんみたいな
『真理よ　出てこいよ
出てきてくれよ』
わたしは　木を　たたくのだ
わたしは　さびしいなあ

八木重吉記念館（休館中）

「子どもはみんな詩人に」

佐藤ひろ子さん
八木重吉記念館管理者
重吉の甥八木藤雄さんの長女

東京都町田市の八木重吉記念館を訪れました。この記念館は重吉の甥の八木藤雄さんが、一九八四（昭和五九）年に生家の敷地内にあった土蔵を改造して建てられた私設記念館です。藤雄さんは二〇一七年一月、脳梗塞のため天国に。現在は長女の佐藤ひろ子さんが記念館を管理しています。八木家に伝わる重吉のエピソードを伺いました。

「けっこう癇癪もちだったたと聞いています。名前を間違って呼ばれて怒ったり。それでいて、純粋で、素直で。どちらの面ももっていたのでしょうね」

二十九歳という若さで天国に行った重吉が残した三千もの詩。

「時代的にも生きていることが当たり前ではなかったので、今書いておかなければ、という思いがあったのでしょう」

重吉と同じく、クリスチャンである佐藤さん。重吉の詩からは力強い信仰者という面と、イエスを遠く感じているような面と両方を感じるのだという。

「この揺れ動いてるところに親近感を感じます。心の影の部分も素直に書いているところが私は好きですね。きどってなくて、潔くて」

佐藤さんは、現代人、とくに子どもたちの自殺率の高さは、自己表現が下手だからゆえではないかと考えています。

「本来子どもってありのままの心を語れる人たちのはず。なのに、みんなお腹にためて、我慢しているように見える。みんな詩人になってほしい。のびのびと自己表現できれば随分解放されるのではないでしょうか」

子どもはみんな詩人！　なんてすてきな世界でしょうか。

美しくあるく

こどもが
せつせつ　せつせつ　とあるく
すこしきたならしくあるく
そのくせ
ときどきちらつとうつくしくなる

無題

このよに
てんごくのきたる
その日まで　わがかなしみのうたはきえず、
てんごくのまぼろしをかんずる
その日あるかぎり
わがよろこびの頌歌(うた)はきえず

あかんぼもよびな

さて
あかんぼは
なぜに　あん　あん　あん　あん
なくんだらうか

ほんとうに
うるせいよ
あん　あん　あん　あん
あん　あん　あん　あん

うるさか　ないよ
うるさか　ないよ
よんでるんだよ
かみさまをよんでるんだよ
みんなもよびな
あんなに　しつっこくよびな

キリスト

キリストが十字架にかかって死んで
甦って天に昇ったので
私も救われるのだと聖書に書いてある
キリストが代って苦るしんだので
私は信じさへすればいいと書いてある
私はキリストがすきだ
いちばん好きだ
キリストの云った事は本当だとおもふ
キリストには何もかも分ってゐたとおもふ
キリストは神の子だったにちがいない
キリストは天に昇ってからも
絶えず此の世に働きかけてゐるとおもふ
ポーロの言葉　使徒の言葉
すぐれたる信使の言葉

それ等は
キリストが云わせたのだと信ずる
そう云ふことの出来ぬほど
キリストが無能な者だとはおもわれぬ
再びキリストが来る
キリスト自身がそう云ってゐる
キリストが嘘を云ふ筈がない
そのとき
私自らは完全に悪るい人間だけれど
ただキリストを信じてゐる故にのみ
天国に入れてもらへると信ずる

星野富弘
詩画作家

あなたの素朴な心の詩に支えられて

拝啓　八木重吉様

天国におられるあなたに手紙を出すのは変でしょうか。しかし、私はあなたがどこにおられましょうと、どうしてもお礼を申し上げなければいられません。天国の住所も郵便番号も知りませんが、神さまはどんなことでもできるお方ですから、あなたのもとに届くと思って書きます。

なれなれしく書いておりますが、私は、あなたを尊敬しています。本当は先生とお呼びしたいのですが、今日は親しみを込めて「あなた」とお呼びさせていただきます。

私が初めてあなたの詩に出会ったのは、高校三年生の時でした。国語の教科書にあなたの詩が載っておりました。平仮名の多い短い詩でしたから、親しみを感じ、八木重吉というお名前を覚えました。

私の通っていた高校というのは猛烈な進学校で、私は後ろの方に引っ掛かるように入ったものですから、成績といったらひどいものでした。ああいう学校のビリというのは悲惨なものでして、私はクラブ活動以外、楽しい思い出はあまりありません。授業がわからない、つまらない、つまらないからますますわからない、ついでに先生も気に入らないという悪循環の繰り返しでした。

そんな中で、あなたの短くてやさしい言葉に、劣等感ばかりの私の心が救われるような一瞬を味わったのかもしれません。

言葉の深い意味がわからない者にも、あなたの詩は視覚的に人に安らぎを与えてくださるものをもっています。このことは、後の私の詩作に大きな影響を残すことになりました。

次にあなたの詩に出会ったのは大学生になってからでした。教育学部体育科というところは、好きなスポーツばかりやっていればよいのかと思って入学しましたが、一般の授業も受けなければなりませんでした。その中に「文学」というのがありまして、そこで、あなたの「素朴な琴」など数編の詩に出会いました。

「八木重吉の作品は、詩であるのかどうかという疑問をもつ人もいますが、私はこの人の書いたものは好きです」

ほとんど居眠りをしながらの授業でしたが、教授の言った言葉を不思議と覚えています。

それから二、三年後でしょうか。友人の下宿に遊びに行った時のことです。友人というのは同じ体育科で器械体操をやっていた男ですが、彼は器械体操のかたわら書道もやっていました。

体育を専攻している学生というと、単純で大ざっぱで乱暴者、というイメージをもたれるかもしれませんが、繊細な人間が意外と多くいます。そうでないと微妙な技術を習得することができないのだと思います。私の周囲にも、絵の上手な者、文学の達者な者など沢山いました。彼もその一人でした。

酒を飲むと泣く癖のある彼が、その日も酒を飲みながら、涙を潤ませながら言いました。「ホシノォ……おめぇ、この詩を知ってるかぁ……」と何かに書き写した短い詩を私に見せてくれました。

ああちゃん！
むやみと
はらっぱをあるきながら
ああちゃん、　と
よんでみた、
こひびとの名でもない
ははの名でもない
だれのでもない

それがあなたの詩と三度目の出会いでした。友人は字の下手な私に、「お前の書く文字は近代詩文によいから、やってみたらどうか」と奨めてくれたりもしました。

さて私は大学を卒業するとすぐに、大きな怪我をしてしまいました。自分の力では呼吸もできないほどの重症で、人工呼吸器の助けを借りながらやっと息をしておりました。そんな状態でしたがその時、以前友人が見せてくれた、あの「ああちゃん」の詩をもう一度読みたいと切に思いました。

神を知らない者が、人間の力ではどうにもならない窮地に陥った時、誰の名を呼んで助けを求めたらよいのでしょう。「ああちゃん」の詩に、その答えが隠されているような気がしました。あの詩を書いた人も、きっと大きな苦しみを経た人に違いないと思いました。

そして、本など買ったことのない私でしたが、友人に頼んで、『定本八木重吉詩集』を手にしたのです。手にしたというのは正確ではありません。その時私の手は、握ることもページをめくることもできなくなっていたのですから。

それから母と姉にページをめくってもらい、あのやさしい詩を読む毎日が続きました。

もじゃもじゃの犬が、桃子ちゃんのうんこを食べてしまったという詩。一本の茅に身をかくしたバッタの詩。いま鳴いておかなければ、もう駄目だというふうに鳴いている虫の詩……。読みながら自分がどんどん素直になっていくのを感じました。

苦しい毎日だけれど、生きているって案外よいものだと思いました。人間も弱く淋しい生き物だけれど、でも、どんなに弱くても醜くても、生きていてよいのだと思いました。生きなければいけないのだと知りました。

そうそう、あの頃、私は治療のためにバリカンで坊主頭にされてしまいました。長髪全盛の時代でしたが、本に載っていたあなたの写真を見て、あなたに少し近づけたような気がして、むしろ嬉しかったのを覚えています。

今、私はあなたの詩集をいつも側に置いています。そして高校時代、私に安らぎを下さったあなたの詩のように、誰にでもわかる言葉を使って詩を書こうと思っています。

詩が書けない時は、あなたの詩集を読みます。すると不思議と言葉が生まれてきます。最初のページをめくっただけで、詩ができたこともありますし、数ページ読んでいるうちにできたこともあります。あなたの詩を真似るわけではないのですが、あなたのやさしい言葉が、固くなっている私の心をほぐしてくださるのに違いありません。器械体操をやっていた時の、試合前の柔軟運動みたいです。

ほそい松

松ばやしの
ほそいまつは
かぜがふくと
たがひちがひにゆれる

✣

あかつちの
くづれた土手をみれば
たくさんに
木のねっこがさがってた
いきをのんでとほった

詩集にはこの二つの詩が何気なく続いて載っていますが、そんな平凡な光景も、あなたにはどんなに美しく、いとおしく見えたことでしょう。

先ほども申しましたが、私も死と枕を並べて寝ていた時期がありました。あの時、病室から見えた青空、木の枝、廊下を歩く靴音、夜汽車の線路のきしみ、窓から射し込んだ月の光……。それらがたまらなく懐かしく、すぐ側にあるのに懐かしく思われてしかたありませんでした。

あなたの詩を読むと、あの頃痛いほど感じた、生きていることへのいとおしさが蘇ってきます。そして、こうして生かされていることを感謝せずにはいられません。生かされていることは、たとえようもない不思議な恵みです。

文学とか芸術とか難しいことはわかりません。しかし、あなたの詩は、生きる勇気と喜びと安らぎを下さいました。あなたの詩は私にとって「詩以上の詩」です。

あなたが天国に旅立たれたのは二十九歳。私はあなたより、もう随分長く生きています。長く生きるその分だけ、どこかが汚れていくようにも思いますが、あなたの残してくださった素朴な心の詩は、私の内で静かに燃え続け、これからも私を支えてくださることでしょう。

神さまのみもとで、あなたにお会いできますよう生きたいと思います。

星野富弘

ゆかりの地マップ

重吉ゆかりの地をはじめとして、各地の学校などに重吉の詩碑があります。石に刻まれた詩をながめながら、心に重吉の思いを刻みたいものです。

八木重吉記念館

住所：東京都町田市相模原4473
電話：042-783-1877
https://www.jukichi-yagi.org/

東京都町田市

①八木重吉生家
詩碑「素朴な琴」
②相原幼稚園
詩碑「ふるさとの川」
③町田市立小中一貫ゆくのき学園
詩碑「ねがひ」
④小山田桜台集会所脇
詩碑「素朴な琴」

八木重吉記念館
菓舗「中野屋」
住所：東京都町田市原町田 4-4-7
電話：042-722-8484
（重吉ゆかりの菓子「麦の里」を販売）

愛知県西尾市

⑩八ッ面山公園
詩碑「ひびいてゆこう」
⑪みどり川公園
詩碑「花」

神奈川県相模原市

⑤相模原市立川尻小学校
詩碑「飯」

千葉県柏市

⑥千葉県立東葛飾高等学校
詩碑「原っぱ」
旧居跡地

東京都心

教育の森公園（高等師範跡地）
日本基督教団小石川白山教会
（旧小石川福音教会）
駒込基督会跡地

神奈川県鎌倉市

神奈川県師範学校跡地
日本基督教団鎌倉教会
（旧日本メソヂスト鎌倉教会）
吉野登美子夫人旧居

神奈川県茅ヶ崎市

⑦高砂緑地
詩碑「蟲」
太陽の郷（南湖院跡地）
借家跡地

＊八木重吉 詩碑

⑥ 千葉県立東葛飾高等学校

① 八木重吉生家

⑦ 高砂緑地

② 相原幼稚園

⑧ 夙川公園

③町田市立小中一貫ゆくのき学園

⑨ 神戸市立御影中学校

④小山田桜台集会所脇

⑩ 八ッ面山公園

⑤相模原市立川尻小学校

⑪ みどり川公園

兵庫県西宮市

⑧夙川公園
詩碑「幼い日」

兵庫県神戸市

⑨神戸市立御影中学校
詩碑「夕焼け」
下宿、借家、新婚時代の旧居跡地

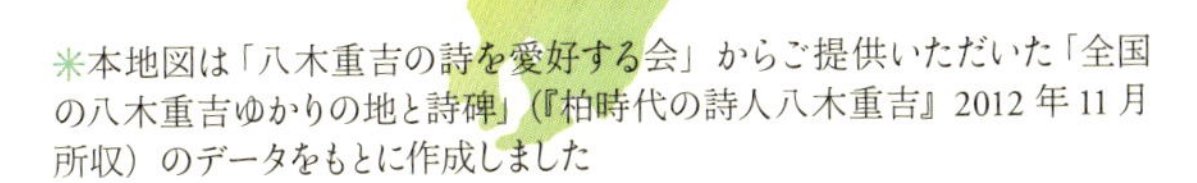

＊本地図は「八木重吉の詩を愛好する会」からご提供いただいた「全国の八木重吉ゆかりの地と詩碑」（『柏時代の詩人八木重吉』2012年11月所収）のデータをもとに作成しました

1924(大正13)年
第一詩集『秋の瞳』を編み、原稿を再従兄弟の加藤武雄のもとに送る。12月、長男・陽二誕生。

1925(大正14)年
千葉県立東葛飾中学校（現在の千葉県立東葛飾高等学校）英語科教師として転任。学校近くの教職員住宅に入る。『秋の瞳』（新潮社）刊行。この頃から新聞・詩誌に寄稿を求められ、また佐藤惣之助主宰の「詩之家」同人となり、次々に詩を発表しはじめる。

1926(大正15)年
3月、結核と診断され、神奈川県高座郡茅ヶ崎町の南湖院に入院。その後茅ヶ崎町十間坂に家を借り自宅療養に入る。病床で第二詩集『貧しき信徒』の自選を行う。

1927年(昭和2)年
10月26日、29歳で召天。生地堺村の八木家墓地に葬られる。

＊召天後＊

1928(昭和3)年
『貧しき信徒』加藤武雄の自費で野菊社から刊行される。

1937(昭和12)年
12月、長女・桃子、結核のため14歳で召天。

1940(昭和15)年
7月、長男・陽二、結核のため15歳で召天。

1945(昭和20)年
10月、とみ、歌人・吉野秀雄と再婚。

1999(平成11)年
2月、とみ召天。

✻ 八木重吉年表 ✻

1898（明治31）年
2月9日、東京都南多摩郡堺村相原（現在の東京都町田市相原町）に父・八木藤三郎、母・ツタの次男として生まれる。

1904（明治37）年
大戸小学校に入学する。

1905（明治38）年
2月4日、新潟県高田市桝形町（現在の上越市）に後の妻・島田とみ生まれる。

1912（明治45）年
神奈川県師範学校予科一年に入学。

1917（大正6）年
神奈川県師範学校本科第一部を卒業し、東京高等師範学校文科第三部英語科に入学。

1919（大正8）年
2月、同級生で親友吉田不二雄と死別。吉田の遺稿集『一粒の麦』を刊行。3月、駒込基督会の富永徳磨牧師より洗礼を受ける。秋、スペイン風邪にかかり肺炎を併発し重症となり、東京神田の橋本病院に入院。

1920（大正9）年
二か月の入院生活ののち退院、堺村の自宅へ帰って療養。肺病といわれて寮を追われ、池袋で下宿生活を始める。

1921（大正10）年
家庭教師として島田とみに会う。東京高等師範を卒業し、兵庫県御影師範学校英語科教師となる。7月、陸軍の6週間現役兵として、姫路の歩兵第39聯隊に入営する。8月、現役除隊となり、第二国民兵役に編入される。9月、島田とみに手紙で愛の告白をする。この頃多数の短歌を作り、詩作も始める。

1922（大正11）年
1月、東京都高等師範学校の先輩内藤卯三郎の仲立ちで島田とみと婚約。7月結婚。御影町石屋川の借家で新しい生活が始まる。詩を本格的に書き始める。

1923（大正12）年
詩を自編した手作り詩集を作り始める。3月、御影町柳の借家へうつる。5月、長女・桃子誕生。

参考文献

＊『秋の瞳』　八木重吉（新潮社）
＊『貧しき信徒』　八木重吉（新教出版社）
＊『琴はしずかに』　吉野登美子（弥生書房）
＊「開館10周年記念　八木重吉──さいわいの詩人（うたびと）──展」（町田市民文学館ことばらんど）
＊『評伝　八木重吉の詩と生涯』　田中清光（書肆　風の家）
＊『八木重吉全詩集』（全二巻）（ちくま文庫）
＊『定本　八木重吉詩集』（彌生書房）
＊「いっぽんのみち──八木重吉の詩に魅せられて」（八木重吉の詩を愛好する会）
＊『わがよろこびの頌歌はきえず』（いのちのことば社）
＊『八木重吉に出会う本』（いのちのことば社）

おわりに

この本のための取材を始めた時には、恥ずかしながら、八木重吉という詩人をよく知りませんでした。

そんな素人の私が、この本を作り上げるために出会った方々は、それはもう重吉の詩を愛し、重吉の詩に支えられつつ生きておられる熱心な愛好家ばかりでした。この詩人の何にそんなに魅了されているのだろうと好奇心のようなものが、はじめの原動力だったのです。

重吉の生涯を追う中で、彼は決して聖人君子ではないことを知りました。心が洗われるような純粋で温かな詩を書く一方で、逃げ場がないほどに悲しみや怒りをも爆発させるような詩も書いていたのです。

その詩を味わいながら、自分自身の心の奥底に眠る感情が呼び覚まされるようでした。そうだ、私は本当は悲しかったんだ、怒っていたんだ、と。いや、喜んでいたんだ、うれしかったんだ、と。見ていたはずの光景に、感じているはずの感情に蓋をしていただけなのか、と気づいたのです。

そして、すべてをさらけだして、神とつながることから逃げていたことに気づいたのです。

重吉が亡くなって九十年。しかし、その詩は今も生きています。現代人が忘れたものが彼の詩の中に秘められているように思えてなりません。

フォレストブックス編集部

重吉と旅する。

―29歳で夭逝した魂の詩人―

2017年11月25日発行

編著/フォレストブックス編集部

装幀・イラスト/吉田葉子

協力/八木重吉記念館・町田市民文学館ことばらんど・八木重吉の詩を愛好する会・太陽の郷

発行　いのちのことば社フォレストブックス

〒164-0001　東京都中野区中野2-1-5

編集　Tel.03-5341-6922

営業　Tel.03-5341-6920

Fax.03-5341-6921

印刷・製本　日本ハイコム株式会社

Printed in Japan

ISBN978-4-264-03694-4